本色文丛·柳鸣九　主编

哲思边缘

——叶秀山散文精选

叶秀山／著

海天出版社（中国·深圳）

图书在版编目（CIP）数据

哲思边缘：叶秀山散文精选 / 叶秀山著. —深圳：
海天出版社, 2017.7
（本色文丛）
ISBN 978-7-5507-2012-1

Ⅰ.①哲… Ⅱ.①叶… Ⅲ.①散文集－中国－当代
Ⅳ.①I267

中国版本图书馆CIP数据核字（2017）第120889号

哲思边缘
ZHESIBIANYUAN

深圳出版发行集团
海天出版社
出品人　聂雄前
责任编辑　陈　嫣
责任技编　蔡梅琴
装帧设计　Smart　深圳斯迈德设计　0755-83144228

出版发行　海天出版社
地　　址　深圳市彩田南路海天大厦（518033）
网　　址　www.htph.com.cn
订购电话　0755-83460397（批发）　0755-83460397（邮购）
印　　刷　深圳市新联美术印刷有限公司
开　　本　787mm×1092mm　1/32
印　　张　8.875
字　　数　148千
版　　次　2017年7月第1版
印　　次　2017年7月第1次
定　　价　36.00元

　　叶秀山，1935 年 6 月出生于上海，祖籍江苏镇江。1952 年考入北京大学哲学系，1956 年毕业后至中国社会科学院哲学研究所工作，2006 年入选中国社会科学院学部委员。专攻西方哲学，兼及美学，旁及中国哲学，业余喜好书法、京剧并有相关论著出版。

　　主要哲学论著有:《前苏格拉底哲学研究》（1982）、《苏格拉底及其哲学思想》（1986）、《思·史·诗》（1988）、《美的哲学》（1991）、《无尽的学与思》（1995）、《中西智慧的贯通》（2002）、《哲学作为创造性的智慧》（2003）、《西方哲学史》第一卷之《西方哲学观念之变迁》（2004）、《哲学要义》（2006）、《学与思的轮回》（2009）、《科学·哲学·宗教——西方哲学中科学与宗教两种思维方式研究》（2009）、《启蒙与自由》（2013）、《知己的学问》（2014）等。

总序：学者散文漫议

◎ 柳鸣九

　　"本色文丛"现已出版三辑，共二十四种书，在不远的将来，将出齐五辑共四十种书。作为一个散文随笔文化项目，已经达到了一定的规模，也大致上形成了自己的特色：一是以"有作家文笔的学者"与"有学者底蕴的作家"为邀约对象，而由于我个人的局限性，似乎又以"有作家文笔的学者"为数更多；二是力图弘扬知性散文、文化散文、学识散文，这几者似乎可统称为"学者散文"。

　　前一个特点，完全可以成立，不在话下，你们邀哪些人相聚，以文会友，这是你们自家的事，你们完全可以采取任何的称呼，只要言之有据即可。何况，看起来的确似乎是那么回事。

　　但关于第二个特点，提出"学者散文"这个概念本身就是易于带来若干复杂性的问题，要说明清楚本就不容易，要论证确切更为麻烦，而且说不定还会有若干纠缠需要澄清。所有这些，就不是你们自己的事，而是大家关心的事了。

　　在这里，首先就有一个定义与正名的问题：究竟何谓"学者散文"？在局外人看来，从最简单化的字面上的含义来说，"学者散文"大概就是学者写的散文吧，而不是生活中被称为"作家"的那些爬格子者、敲键盘者所写的散文。

然而实际上，在散文这个广大无垠的疆土上活动着的人，主要还是被称为作家的这一个写作群体，而不是学者。再一个明显的实际情况就是，在当代中国散文的疆域里，铺天盖地、遍野开花的毕竟是作家这一个写作者群体所写的散文。

那么，把涓涓细流的"学者散文"汇入这个主流，统称为散文不就得了嘛，何必另立旗号？难道你还奢望喧宾夺主不成？进一步说，既然提出了"学者散文"之谓，那么，写作者主流群体所写的散文究竟又叫什么散文呢？虽然在中外古典文学史中，甚至在20世纪前50年的中国文学界中，写散文的作家，大多数都同时兼为学者、学问家，或至少具有学者、学问家的素质与底蕴。只是在近半个多世纪以来的中国文学界中，同一个人身上作家身份与学者身份互相剥离，作家技艺与学者底蕴不同在、不共存的这种倾向才越来越明显。我们注意到这种现实，我们尊重这种现实，那么，且把近半个多世纪以来由纯粹的作家（即非复合型的写作者）创作的遍地开花的散文作品，称为"艺术散文"，可乎？

似乎这样还说得过去，因为，纯粹意义上的作家，都是致力于创作的，而创作的核心就是一个"艺"字。因此，纯粹意义上的作家，就是以艺术创作为业的人，而不是以"学"为业的人，把他们的散文称为艺术散文，既是一种应该，也是一种尊重。

话不妨说回去，在我的概念中，"学者散文"一词其实是从写作者的素质与条件这个意义而言的。"素质与条件"，简而言之，就是具有学养底蕴、学识功底。凡是具有这种特点、条件的人，所写出的具有知性价值、文化品位与学识功底的散文，皆可称"学者散文"。并非强调写作者具有什么样的身份，在什么领域中活动，从事哪个职业行当，供职于哪个部门……

以上说的都是外围性的问题，对于外围性的问题，事情再复杂，似乎还是说得清楚的，但要往问题的内核再深入一步，对学者散文做进一步的说明，似乎就比较难了。具体来说，究竟何为"学者散文"？"学者散文"究竟具有什么特点？持着什么文化态度？表现出什么风格姿态？敝人既然闯入了这个文艺白虎堂，而且受托张罗"本色文丛"这个门面，那也就只好硬着头皮，提供若干思索，以就教于文坛名士才俊、鸿儒大家了。

说到为文构章，我想起了卞之琳先生的一句精彩评语，那时我刚调进外文所，作为他的助手，我有机会听到卞公对文章进行评议时的高论妙语。有一次他谈到一位年轻笔者的时候，用幽默调侃的语言评价说："他很善于表达，可惜没什么可表达的。"说话风趣幽默，针砭入木三分。不论此评语是否完全准确，但他短短一语毕竟道出了为文成章的两大真谛：一是要有可供表达、值得表达的内容，二是要有善于表达的文笔。两者缺一不可，如果两者具备，定是珠联璧合的佳作。这个道理，看起来很简单、很朴素，甚至看起来算不上什么道理，但的的确确可谓为文成章的"普世真理"、当然之道。对散文写作，亦不例外。

就这两个方面来说，有不同素养的人、有不同优势与长处的人，各自在不同的方面肯定是有不同表现的，所出的文字，自然会有不同的特点与风格。一般来说，艺术创作型的写作者，即一般所谓的作家，在如何表达方面无一不具有一定的实力与较熟练的技巧。且不说小说、诗歌与戏剧，只以散文随笔而言，这一类型的写作者，在语言方面，其词汇量也更多更大，甚至还能进而追求某种语境、某种色彩、某种意味；在谋篇布局方面，烘托铺垫、起承转合、舒展伸延、跌宕起伏、统筹安排、井然有序。所有这些，在中华文章之道中本有悠久传统、丰富经验，如今更是轻车熟路，掌握自如；在描写与叙述方面，不论是描写客观的对象还是自我，哪怕只是描写一个细小的客观对象，或者描写自我的某一段平常而普通的感受，也力求栩栩如生、细致入微，点染铺陈，提高升华，不怕你不受感染，不怕你不被感动；在行文上，则力求行云流水，妙笔生花，文采斐然，轻灵跃动；在阅读效应上，也更善于追求感染力效应的最大化，宣传教育效应的最大化，美学鉴赏效应的最大化。总而言之，读这一种类型的散文是会有色彩缤纷感的，是会有美感的，是会有愉悦感的，而且还能引发同感共鸣，或同喜或同悲，甚至同慷慨激昂、同心潮澎湃……

我以上这些浅薄认识与粗略概括是就当代与学者散文有所不同的主流艺术散文而言的，也就是指生活中所谓的纯粹作家的作品而言的。我有资格做这种概括吗？说实话，心里有些发虚，因为我对当代的散文，可以说是没有多少研究，仅限于肤表的认识。

在这里，我不得不对自己在散文阅读与研习方面的基础，做出如实的交待：实事求是地说，20世纪前50年的散文我还算读过不少，鲁迅、茅盾、谢冰心、沈从文、朱自清、俞平伯、老舍、徐志摩、郁达夫、凌叔华、胡适、林语堂、周作人等人的散文作品，虽然我读得很不全，但名篇、代表作都读过一些。这点文学基础是我从中学教科书、街上的书铺、学校的图书馆，以至后来在北大修王瑶的中国现代文学史期间完成的。在大学，念的是西语系，后又干外国文化研究这个行当，从此，不得不把功夫都用在读外国名家名作上面去了。就散文作品而言，本专业的法国作家作品当然是必读的：从蒙田、帕斯卡尔、笛卡尔、伏尔泰、狄德罗、卢梭，到夏多布里盎、雨果、都德，直到20世纪的马尔罗、萨特、加缪等。其他专业的作家如英国的培根、德国的海涅、美国的爱默生、俄国的屠格涅夫等人的作品，也都有所涉猎。但我对中国20世纪50年代以后的半个多世纪以来的散文随笔就读得少之又少了，几乎是一穷二白。承深圳海天出版社的信任，张罗"本色文丛"，这对我来说，实在是"专业不对口"，只是为了把工作做得还像个样子，才开始拜读当代文坛名士高手的散文随笔作品。有不少作家的确使我很钦佩，他们在艺术上的讲究是颇多的，技艺水平也相当高，手段也不少，应用得也很熟练，读起来很舒服，很有愉悦感，很有美感。

　　不过，由于我所读的中国现代文学中的散文名家，以及外国文学中的散文作家，绝大部分都是创作者与学者两身份相结合型的，要么是作家兼学者，要么就是我所说的"有学者底蕴的作家"，"近朱者赤近墨者黑"，耳濡目染，自然形成我对散文随笔中思想底蕴、学识修养、精神内容这些成分的重视，这样，不免对当代某些纯粹写作型的散文随笔作家，多少会有若干不满足感、欠缺感。具体来说，有些作家的艺术感以及技艺能力、细腻的体验感受，固然使人钦佩，但是往往欠于思想底气、学养底蕴、学识储蓄，更缺隽永见识、深邃思想、本色精神、人格力量，这些对散文随笔而言，恰巧是至关重要的东西。当然，任何一篇散文作品是不可能没有思想，不可能不发表见解的，但在一些作家那里，却往往缺少深度、力度、隽永与独特性。更令人失望的是，有些思想、话语、见识往往只属于套话、俗话甚至是官话的性质，这在一个官本位文化盛行的社会里是自然的、必然的。总而言之，往往缺少一种独立的、特定的、本色的精气神，缺乏一种真正特立独行而又具有普遍意义的人文精神。

以上这种情况已经露出了不妙的苗头，还有更帮倒忙的是艺术手段、表现技艺的喧宾夺主，甚至是技艺的泛滥。表现手段本来是件好事，但如果没有什么可表现的，或者表现的东西本身没有多少价值，没有什么力度与深度，甚至流于凡俗、庸俗、低俗的话，那么这种表现手段所起的作用就恰好适得其反了。反倒造成装腔作势、矫揉造作、粉饰作态、弄虚作假的结果。应该说，技艺的讲究本身没有错，特别是在小说作品中，乃至在戏剧作品中，是完全适用的，也是应该的，但偏偏对于散文这样一种直叙其事、直抒胸臆的文体来说，是不甚相宜的。若把这些技艺都用在散文中间的话，在我们的眼前，全是丰盛的美的辞藻，全是绵延不断、绝美动人的文句，全是至美极雅的感受，全是绝美崇高的情感……在我看来，美得有点过头，美得叫人应接不暇，美得叫人透不过气来，美得使人有点发腻。对此，我们虽然不能说这就是"善于表现，可惜没有什么好表现的"，但至少是"善于表现"与"可表现的"两者之间的不平衡，甚至是严重失衡。

平衡是万物相处共存的自然法则，每个物种、每个存在物都有各自的特点，既有优也有劣，既有长也有短，文学的类别亦不例外。艺术散文有它的长处，也必然有与其长处相关联的软肋。对我们现在要说道说道的学者散文，情形也是这样。学者散文与艺术散文，当然有相当大的不同，即使说不上是泾渭分明，至少也可以说是各有不同的个性。我想至少有这么两点：其一，艺术散文在艺术性上，一般的来说，要多于高于学者散文。在这一点上，学者散文是一个弱点，但不可否认，也是学者散文的一个特点。显而易见，在语言上，学者散文的词汇量，一般的来说，要少于艺术散文。至于其色彩缤纷、有声有色、精细入微的程度，学者散文显然要比艺术散文稍逊一筹；在艺术构思上，虽然天下散文的结构相对都比较简单，但学者散文也不如艺术散文那么有若干讲究；在艺术手段上，学者散文不如艺术散文那样多种多样、花样翻新；在阅读效果上，学者散文也往往不如艺术散文那么有感染力，能引起读者的悦读享受感，甚至引起共鸣的喜怒哀乐。其二，这两个文学品种，之所以在表现与效应上不一样，恐怕是取决于各自的写作目的、写作驱动力的差异。艺术散文首先是要追求美感，进而使人感染、感动，甚至同喜怒；学者散文更多的则是追求知性，进而使人得到启迪、受到启蒙、趋于明智。

这就是它们各自的特点，也是它们各自的长处与短处。这就是文学物种的平衡，这就是老天爷的公道。

讲清楚以上这些问题之后，我们再专门来说说学者散文，也许就会比较顺当了，我们挺一挺学者散文，也许就不会有较多的顾虑了。那么，学者散文有哪些地方可以挺一挺呢？

近几年来，我多多少少给人以"力挺学者散文"的印象。是的，我也的确是有目的地在"力挺学者散文"，这是因为我自己涂鸦涂鸦出来的散文，也被人归入学者散文之列，我自己当然也不敢妄自菲薄，这是我自己基于对文学史和文学实际状况的认知。

从文学史的发展来看，无论是中外，散文这一古老的文学物种，一开始就不是出于一种唯美的追求，甚至不是出于一种对愉悦感的追求；也不是为了纯粹抒情性、审美性的需要，而往往是由于实用的目的、认知的目的。中国最古老的散文往往是出于祭祀、记述历史，甚至是发布公告等社会生活的需要，如果不是带有很大的实用性，就是带有很大的启示性、宣告性。

在这里，请容许我扯虎皮当大旗，且把中国最早的散文文集《左传》也列为学者散文型类，来为拙说张本。《左传》中的散文几乎都是叙事：记载历史、总结经验、表示见解，而最后呈现出心智的结晶。如《曹刿论战》，从叙述历史背景到描写战争形式以及战役的过程，颇花了一些笔墨，最终就是要说明一个道理："夫战，勇气也。一鼓作气、再而衰、三而竭。"我不敢说曹刿就是个学者，或者是陆逊式的书生，但至少是个儒将。同样，《子产论政宽猛》也是叙述了历史背景、政治形势之后，致力于宣传这一高级形态的政治主张："政宽则民慢、慢则纠之以猛、猛则民残、残则施之以宽。宽以济猛、猛之济宽、政是以和。"此一政治智慧乃出自仲尼之口，想必不会有人怀疑仲尼不是学者，而记述这一段历史事实与政治智慧的《左传》的作者，不论是传说中的左丘明也好，还是妄猜中的杜预、刘歆也罢，这三人无一不是学者，而且就是儒家学者。

再看外国的文学史，我们遵照大政治家、大学者、大诗人毛泽东先生的不要"言必称希腊"遗训，且不谈柏拉图与亚里士多德，仅从近代"文艺复兴"的曙光开始照射这个世界的历史时期说起，以欧美散文的祖师爷、开拓者，并实际上开辟了一个辉煌的散文时代的几位大师为例，英国的培根，法国的蒙田，以及美国的爱默生，无一不是纯粹而又纯粹的学者。说他们仅是"学者散文"的祖师爷是不够的，他们干脆就是近代整个散文的祖师爷，几乎世界所有的散文作者都是在步他们的后尘。只是后来由于各种复杂的历史原因，到了我们的现实生活里，才有艺术散文与学者散文的不同支流与风格。

这几位近代散文的开山祖师爷，他们写作散文的目的都很明确，不是为了抒情，不是为了休闲，不是为了自得其乐，而都是致力于说明问题、促进认知。培根与蒙田都是生活在欧洲历史的转变期、转型期，社会矛盾重重，现实状态极其复杂。在思想领域里，以宗教世界观为主体的传统意识形态已经逐渐失去其权威，"文艺复兴"的人文主义思潮与宗教改革的要求，正冲击着旧的意识形态体系，推动着历史的发展。他们都是以破旧立新的思想者的姿态出现的，他们的目标很明确，都是力图修正与改造旧思想观念，复兴人类人文主义的历史传统，建立全新的认知与知识体系。培根打破偶像，破除教条，颠覆经院哲学思想，提倡对客观世界的直接观察与以实验为基础的科学方法，他的散文几乎无不致力于说明与阐释，致力于改变人们的认知角度、认知方法，充实人们的认知内容，提高人们的认知水平。仅从其散文名篇的标题，即可看出其思想性、学术性与文化性，如《论真理》《论学习》《论革新》《论消费》《论友谊》《论死亡》《论人之本心》《论美》《说园林》《论愤怒》《论虚荣》，等等。他所表述所宣示的都是出自他自我深刻体会、深刻认知的真知灼见，而且，凝聚结晶为语言精练、意蕴隽永、脍炙人口的格言警句，这便是培根警句式、格言式的散文形式与风格。

蒙田的整个散文写作，也几乎是完全围绕着"认知"这个问题打转，他致力于打开"认知"这道门、开辟"认知"这一条路，提供方方面面、林林总总的"认知"的真知灼见。他把"认知"这个问题强调到这样一种高度，似乎"认知"就是人存在的最大必要性，最主要的存在内容，最首要的存在需求。他提出了一个警句式的名言："我知道什么呢？"在法文中，这句话只有三个字，如此简短，但含义无穷无尽。他以怀疑主义的态度提出了一个对自我来说带有根本意义的问题：对自我"知"的有无，对自我"知"的广度、深度和力度，提出了根本性的质疑；对自我"知"的满足，对自我"知"的权威，对自我"知"的武断、专横、粗暴、强加于人，提出了文质彬彬、谦逊礼让，但坚韧无比、尖锐异常的挑战。如果认为这种质疑和挑战只是针对自我的、个人的蒙昧无知、混沌愚蠢、武断粗暴的话，那就太小看蒙田了，他的终极指向是占统治地位的宗教世界观、经院哲学，以及一切陈旧的意识形态。如此发力，可见法国人的智慧、机灵、巧妙、幽默、软里带硬、灵气十足，这样一个软绵绵的、谦让的姿态，在当时，实际上是颠覆旧时代意识形态权威的一种宣示、一种口号，对以后几个世纪，则是对人类求知启蒙的启示与推动。直到20世纪，"Que sais－je"这三个简单的法文字，仍然带有号召求知的寓意，在法国就被一套很有名的、以传播知识为宗旨的丛书，当作自己的旗号与标示。

在散文写作上，蒙田如果与培根有所不同，就在于他是把散文写作归依为"我知道什么呢？"这样一个哲理命题，收归在这面怀疑主义的大旗下，而不像培根旗帜鲜明地以打破偶像、破除教条为旗帜，以极力提倡一种直观世界、以科学实验为基础的认知论。但两人的不同，实际上不过是殊途同归而已，两人的"同"则是主要的、第一位的。致力于"认知"，提倡"认知"便是他们散文创作态度的根本相同点。值得注意的是，在他们的笔下，散文无一不是写身边琐事，花木鱼虫、风花雪月、游山玩水，以及种种生活现象；无一不是"说""论""谈"。而谈说的对象则是客观现实、社会事态、生活习俗、历史史实，以及学问、哲理、文化、艺术、人性、人情、处世、行事、心理、趣味、时尚等，是自我审视、自我剖析、自我表述，只不过在把所有这些认知转化为散文形式的时候，培根的特点是警句格言化，而蒙田的方式是论说与语态的哲理化。

从中外文学史最早的散文经典不难看出，散文写作的最初宗旨，就是认识、认知。这种散文只可能出自学者之手，只可能出自有学养的人之手。如果这是学者散文在写作者的主观条件方面所必有的特点的话，那么学者散文作为成品、作为产物，其最根本的本质特点、存在形态是什么呢？简而言之，就是"言之有物"，而不是"言之无物"。这个"物"就是值得表现的内容，而不是不值得表现的内容，或者表现价值不多的内容，更不是那种不知愁滋味而强说愁的虚无。总之，这"物"该是实而不虚、真而不假、厚而不浅、力而不弱，是感受的结晶，是认知的精髓，是人生的积淀，是客观世界、历史过程、社会生活的至理。

既然我们把"言之有物"视为学者散文基本的存在形态，那就不能不对"言之有物"做更多一点的说明。特别应该说明的是，"言之有物"不是偏狭的概念,而是有广容性的概念;这里的"物",不是指单一的具体事物或单一的具体事件,它绝非具体、偏狭、单一的,而是容量巨大、范围延伸的:

就客观现实而言,"言之有物",既可是现实生活内容,也可是历史的真实;

就具体感受而言,"言之有物",是言之由具象引发出来的实感,是渗透着主体个性的实感,是情境交融的实感,特定际遇中的实感,有丰富内涵的实感,有独特角度的实感,真切动人的实感,足以产生共鸣的实感;

就主体的情感反应而言,"言之有物",是言之有真挚之情,哪怕是原始的生发之情。是朴素实在之情,而不是粉饰、装点、美化、拔高之情;

就主体的认知而言,"言之有物",首先是所言、所关注的对象无限定、无疆界、无禁区,凡社会百业、人间万物,无一不可关注,无一不应关注,一切都在审视与表述的范围之内。这一点固然重要,但更为重要的是,对关注与表述的对象所持的认知依据与标准尺度,是符合客观实际的,是遵循科学方法的。更更重要的是,要有独特而合理的视角,要有认知的深度与广度,有证实的力度与相对的真理性,有耐久的磨损力,有持久的影响力。这种要求的确不低,因为言者是科学至上的学者,而不是感情用事的人;

就感受认知的质量与水平而言，"言之有物"，是要言出真知灼见、独特见解，而非人云亦云、套话假话连篇。"言之有物"，是要言出耐回味、有嚼头、有智慧灵光一闪、有思想火光一亮的"硬货"，经久隽永的"硬货"；

就精神内涵而言，"言之有物"，要言之有正气，言之有大气，言之有底气，言之有骨气。总的来说，言之有精、气、神；

最后，"言之有物"，还要言得有章法、文采、情趣、风度……你是在写文章，而文章毕竟是要耐读的"千古事"！

以上就是我对"言之有物"的具体理解，也是我对学者散文的存在实质、存在形态的理念。

我们所力挺的散文，是"言之有物"的散文，是朴实自然、真实贴切、素面朝天、真情实感、本色人格、思想隽永、见识卓绝的散文。

我们之所以要力挺这样一种散文，并非为了标新立异、另立旗号，而是因为在当今遍地开花的散文中，艳丽的、娇美的东西已经不少了；轻松的、欢快的、飘浮的东西已经不少了；完美的、理想的东西已经不少了……"凡是存在的，必然是合理的"，请不要误会，我不是讲这些东西要不得，我完全尊重所有这些的存在权，我只是说"多了一点"。在我看来，这些东西少一点是无伤大雅、无损胜景、无碍热闹欢腾的。

然而相对来说，我们更需要明智的认知与坚持的定力，而这种生活态度，这种人格力量，只可能来自真实、自然、朴素、扎实、真挚、诚意、见识、学养、隽永、深刻、力度、广博、卓绝、独特、知性、学识等精神素质，而这些精神素质，正是学者散文所心仪的，所乐于承载的。

2016 年 9 月 20 日完稿

目录

前言

承柳鸣九先生相约，集旧文纳入"本色文丛"，幸好王齐存有我的不少文章，请她拣选编辑成册，否则这件事就很难完成了。

我是一个只在意"要"做的事情，对于"做过"的事情，常常"置之脑后"的人，这样，我的"记性"也没有得到应有的锻炼。以前写过的文章，居然多数忘掉，其中有的文章，曾被编入一些文集，也都印象模糊，很不应该了。

联想到我这个"本色"，使得我"悬搁""过去"，"向往""未来"，从而"心"无所"安"，大则没有"安身立命"之处所，小则没有"敝帚自珍"的乐趣，奈何！

当然，"过去"仍是"有效应"的。世上一切事情，无不打上"历史—过去"的"烙印"，不是"超凡入圣"，则都"在""时间"的"因—革"之中。

我早年觉得哲学"空玄"，喜欢文艺，而文学又要读许多书，不若艺术，合"工作"与"游戏"为一。这里收了我一些谈戏剧特别是京剧的文章，"游戏"的成分多些，只是后来写的，多了些哲理成分，那篇谈谭鑫培唱片的文章，现在还记得比较清楚，也跟我结合了对海德格尔哲学的理解有关。这个思路，仍是我"要"关注的，我仍"在（这条）路上"。

不过，这里收的这些短文，尽管也有些"哲理"，但毕竟是以艺术和世事为主，所以采用王齐起的书名《哲思边缘》。

无尽的学与思

光阴似箭，算上北大哲学系的 4 年学习，我与"哲学"结交已经整 40 年了。40 年对研究"哲学"这门深邃的学问而言，是很不够用的，但对一个人的生命来说，也不算太短了，所以有的朋友要我写点小结性的东西。想了一下，用时间顺序来带动问题的讨论，也许是一个比较方便的办法。下面就是按这个路子写的一篇工作小结。

一、初次结识"哲学"

现在一些认识我的朋友都说我"很用功"，我自己也觉得在像我这个年龄的人中，我大概算得上是"勤奋"的；但我从来都不是一个用功的学生。这就是说，我上学时期从不是一个"好学生"。

我是独子，上学时没有兄弟姐妹比着，但我和表姐表兄住在一个楼里，一起上学，他们的学习成绩一直比我好，我常常因不如他们而受到父母的训斥。我读中学时的成绩一直是勉强"过关",最佳记录考到"乙班"（成绩最差的那一班）的第六名,父亲就高兴得不得了,给我到大商店量体裁衣地定做了一套小西服以资奖励。不过,我那时并不调皮,之所以不用功,我后来解释为"开窍"开得晚。

然而,就在那些糊里糊涂的日子里,有几件事可能对我后来的发展有关。譬如,有一个时期,我竟会对"平面几何"这门课有些兴趣。也许是老师好,讲得清楚,总之我很爱学,常设想些问题去问老师,老师当然很喜欢,曾在班上表扬过我。我想,这事对训练推理有相当的帮助,可是当时并没意识到,这个思想途径竟有与古代希腊人相契合的地方呢。

另一件事是和哲学有直接关系的,就是我高中时的一位老师竟是从德国留学回国的一位哲学博士,而且主科就是学哲学的。因为刚解放就回国,周恩来总理关于知识分子的报告还没有做,就被分到中学教"解析几何",但毕竟是学哲学的,所以就在教员中组织起了学习毛主席《矛盾论》的学习小组,我被吸收旁听。那时尽管我一点儿也不懂书上和老师们说的是什么意思,但觉得挟着两大本《列宁文集》作参考,非常神气。

就这样,我才在大学所考志愿上填上了"哲学"。

我1952年入北京大学哲学系,那是院系调整的第一年,当时系里集中了全国绝大多数的哲学教授，但他们却很少直接授课，有些课请一些比较年轻的老师讲，有的还是从外校请来的。我在一、二年级时仍是稀里糊涂，课堂讨论很少发言，因为我弄不懂为什么"无产阶级专政的必要性"这样天经地义的事，也要"论证"它。到了三、四年级稍好些，学得了一些考虑问题的"方法"，应付测验、考试这类的事，不太困难了，但要问起到底对"哲学"有什么兴趣，仍是说不上来。

不错，那时我认定了我喜欢"美学"，因为我自己觉得我喜欢文学艺术，实际上这种"兴趣"很主观，很抽象。现在我很庆幸我在完全没有思想准备的情况下，选了一个"康德先验论批判"作为毕业论文的题目。因为尽管这个题目没有做好，但却把我拴在了"西方哲学"这个专业的"战车"上，而且因此被贺麟先生选到了刚成立一年的哲学研究所工作。

贺麟先生是我哲学研究上最重要的老师，他对我的影响是永久性的。一方面，贺先生在许多具体的问题上，甚至包括像专业外语学习这类技术性问题上，都给予我直接的帮助；另一方面，也是更为重要的，他给我树立了一个学人的榜样，即他研究哲学不仅仅是专业性的，不是将哲学作为达到另一个目的（专家、学者、教授、名人……）的工具，而是对哲学问题本身充满了兴趣，哲学成了他的生命的一个部分。

应该说，我的老师中有许多成就很高的哲学家，其中有些学术地位不在贺先生之下，但作为学人风格并不相同。哲学对这些老师来说是"工作"，是"专业"，因为他们同样并不把它当作一种手段，而对它持一种敬业的认真态度，也保持着一种神圣性，但和贺先生的风格和境界不同。我似乎更自然地就倾向于贺先生那种态度，所以我一直很注意将专业和生活分开来，拉开一点距离，免得再像贺先生那样说出"可以和妻子离婚，不能和黑格尔离婚"如此重感情的话来。

不过，尽管如此，我仍觉得对于专业本身要有一种出自内心的兴趣，因而专业本身应该就可以构成一个目的，而不是达到另一个目的的手段。"哲学"有那样浓厚的历史基础，有那么多有大智慧的人对它作过研究、思考，是很值得我们去追求、去爱，对它发生兴趣的，"哲学"本身就可以有"吸引力"。

现在一些哲学流派指出，"人"是不可规范的、活生生的，一切想把活生生的"人"规范为某种"类型"，总不免过于简单化，这当然是有很深的道理的。不过，我觉得，"人"是"活"的，"哲学"同样是"活"的。"哲学"不是一门"死学问"。过去西方哲学传统形而上学，不仅把"人"看

"死"了而且把"哲学"也看死了，想构造一个（或各种）概念体系一劳永逸，或在概念中变化体系，则走入歧途。如今揭发这种错误，是很有意义的；但因为它"活"就觉得"不可把握"，甚至否定"哲学"，或使之"终止"，则窃以为不然。

"哲学"的问题，都是"活"的问题。即不是封闭的问题，是可以长久问下去的问题，所以"哲学"不仅可以进入"人"的"工作"，进入"人"的"专业"，而且可以进入"人"的"生命"；"哲学"可以是一个人的"活"的"存在方式"。

"我"是"谁"？"哲学""塑造"了"我"，"我"与"哲学""同在"；"我"的"生命"的历程，也就是"我"研究、思考"哲学"的过程，是"哲学"如何"塑造""我"的过程。

二、想有一个"体系"

我们这一代人，学习西方哲学，主要是学习西方的古典哲学，特别是德国古典哲学，因为它是马克思主义哲学的来源，集中研究它，不会被认为在选题上就错了。到哲学所后一个相当长的时期内，我跟贺先生学德国古典哲学，因为我毕业论文是康德，所以除了读黑格尔的书、听贺先生讲黑格尔的课外，我的重点仍在康德。

不过，最初我学德国古典哲学同样很不用功，我当时的兴趣仍在美学，只是听了贺先生的话，已经意识到应该将古典哲学的学习，与艺术问题的思考结合起来。正好那时贺先生在《人民日报》发表一篇批判朱光潜先生的文章，他批评克罗齐的直觉主义比起别的文章来，就更多哲学理论的深度，我觉得自己也应该向这个方向去努力。

这个思想基础是贺先生给我打下的，但真正按这个方向去做，则是1961年以后的事。那时我参加高校教材《美学概论》的编写工作，在4年的编写教材的工作中，我进一步看到了"哲学"的力量，无数的讨论、辩论、修改，更加印证了贺先生的话。那个阶段我看到美学离开哲学，而离开哲学的美学，不容易深入下去。

按当时的理解，哲学的长处在于它有一个"体系"，这个"体系"的各个"环节"之间，都有很强的逻辑联系，因而各环节有一个坚实的地位。艺术、美学问题当然是这个哲学体系中的一个环节，从总的哲学体系来理解它们，就会更清楚，更深入。

譬如康德。他并没有多高的艺术修养，但从他的"哲学体系""引申"（推论）出来的那些美学思想，不管同意与否，都有很持久的影响，是研究美学问题所不能忽略不计的。这显示了哲学本身的力量。更不用说黑格尔，他对造型艺术和戏剧艺术本身亦有较多的研究，他的《美学讲演录》是我们当时经常阅读的参考书。

当然，既然要谈美学，懂一两门艺术还是很重要的，我一直不赞成"身无一技之长"地来搞美学。我当时以"戏剧"为基础，围绕中国古典戏剧——主要是京剧，来搞一个小的"美学体系"，于是在这方面写了一些文章，集了一个小册子，现在还有些朋友记得它，我感到欣慰。

那个阶段，有两篇论文可以谈谈：一篇是 1963 年 2 月 23 日在《文汇报》以整版篇幅发表的《论话剧艺术的哲理性》，另一篇是本拟发在《哲学研究》杂志但被压下来直到 1981 年才发表的《中国戏剧艺术的美学问题》。这两篇文章是一个思路，即试图用德国古典哲学的精神来理解戏剧中的问题，特别是话剧与中国戏曲的区别问题，提出一些理论上的说法，现在看有明显"生搬硬套"的痕迹，融贯的功夫很浅，但在当时是一种"奇谈怪论"，而且把中国戏曲看作"古典"类型，已违背"现代戏"的原则，差一点挨批。

现在之所以提到那两篇文章，只是看重那一点尝试的精神，即从一个哲学的体系去理解艺术，从而使对艺术的理解本身也体系化。这样，艺术就不仅仅被理解为一种独特的现象，而是成为人类精神文明系统中的一个环节，是人的精神生活的一个部分，从而同样是人的"生命"的"存在形式"。

我们将会看到，从古典哲学、古典精神入手研究哲学，也会有些局限，即对西方哲学的现代发展，注意不够。回想起来，当年我们这代人中最先进的人物，可能也就是跟踪到"新康德主义"，或者兼通一些逻辑实证主义，我们对西方哲学五六十年代的情形，所知甚少。这当然是个很大的局限。不过，凡事有一利就有一弊，有一弊也就有一利。我觉得，我们这代学哲学的人对古典哲学的基本功夫，是下过一些的，特别是对 18~19 世纪德国古典唯心主义的功夫，可能比英语国家的某些哲学家还要好一些。这也是长期让环境逼出来的好事。

三、钻进古代希腊

这已是"文化大革命"里的事了。这场"大革命"，是中国历史上一个非常奇怪的时期，因急剧的旋转，许多人在一昼夜之间可以折几个跟头，变几回面孔。一些身心强壮的人，不怕折腾，折腾一次增长一次见识，仍然"根正苗红"；

我自己经受不起，就想偷偷做点自己的事。自从起了这个念头，"文化大革命"对我却开显了另一种"意义"：它为我提供了一个相当长的"空白（余）时间"，这次"文化大革命"的时间，足够上好几次大学的。

首先，我的外语得到了充裕的时间自修。

现在大家都认识到，学习哲学——无论学习哪个分支，都需掌握至少一门外语。可是我们学习的那个时代，哲学系的学生并不重视外语，社会上研究哲学的，也不重视借助外语，甚至研究西方哲学的，也有不太懂外语的。倒不是大学哲学系没有外语课，也不是进了哲学研究单位没有条件学，而是没有感到一种迫切的需要。所以，尽管贺先生等所里一些老师们为我们讲过专业英语，开过德语班，所里还出资到外面找英语老师进修，前后花去不少时间，但一直没有"过关"——当时只要求"阅读"过关；直到"文化大革命"腾出了"空白时间"，才将这一课补上，英语也有了一些基础，并学了古代希腊文和一点拉丁文，虽然都难谈得上"好"，但对于中国人研究西方哲学来说，也勉强说得过去了。

我研究古代希腊哲学是和学习古希腊文分不开的，同时在学术上也有一个"专业化"的过程。

"哲学"本是一门"思想性"的学问，但迄至"文化大革命"的"经验"表明，光搞"思想性"的东西是很危险的，因为你认为很有"思想"的东西，很可能被批判为"错误"的，甚至"反动"的；"哲学"作为一个"专业"来搞，比之作为一个"工具"来搞，似乎更稳妥些。"工具"甚至比"目的"更长久。以"工具"作"目的"，作自身的"存在方式"，以谋求自身的"存在"，是"保护性"的，在当时不失为一个较为"聪明"的选择。"哲学"中，或"西方哲学"中，"专业性"最强的，大概要算"古代希腊哲学"了。一方面，"西线无战事"，因为当时最高层次的政治领导不太注意"西方哲学"，特别是"古代西方哲学"的问题，所以这方面的专业学术问题不容易变成"政治运动"；而"中国哲学"则是他们所熟悉的，所以"儒家"和"法家"这样很专业的问题，竟然也会成为一场"批判运动"。我觉得，"古代希腊哲学"离当时中国政治实在太远些，做这方面的工作可以避开政治锋芒。我这样做只是当时"逃避政治"这个学界的普遍风气的一个例子。

不过，对古代希腊哲学的研究使我尝到了当"专家"的甜头，我的第一本研究古代希腊哲学的书（《前苏格拉底哲学研究》）出版后，一般认为够得上专业学术水平。

这本书我的功夫下在对原始材料把握方面。好在前苏格拉底哲学都是些残篇，数量不是很大，我可以根据 Diels 的书作底本，对照当时能找到的别的本子，包括英文、法文的译文，逐条核对，有了一些想法，然后再读当时能找到的参考书，看看德国、英国、法国、美国的学者是如何谈论的，再修正、补充我自己的看法，力求使自己的说法言之有据。

应该说，这本书在思想、理论上的建树较少，它的立足点是历史主义的，力求从古代希腊的历史背景和原始材料体会古人的"本意"，所以我也注重古代希腊社会方面的材料，阅读了一些记述希腊社会的书，对古代希腊的奴隶主民主制有些分析。我觉得不要过于美化那个奴隶主民主制，否则对苏格拉底、柏拉图哲学的社会意义就不容易有持平之论。

在这本书中，我当然也要处理一些理论上的问题，像古代早期的一些哲学范畴，阿那克西曼德的 apeiron，赫拉克利特的 logos，巴门尼德的 einai、outos，还有芝诺的那些可恶的悖论等等，都是很困难的问题，在这本书中我所能做的，也只是历史性方面的，还谈不到什么理论深度。这本书出版后，有两位同事含蓄地有过批评，都是觉得理论性、思想性不够意思，他们的眼光很敏锐，也很严厉。

其实，我自己心里也很明白，我也正在努力弥补这个缺陷。这是我在写《苏格拉底及其哲学思想》这本书时所要加强的方面。可是这本书远未完成，我就到美国进修去了。

四、涉猎西方现代哲学

我在美国两年，刚去的时候可说"两眼一抹黑"，因为那才是改革开放的初期，到外国要花很多时间去适应环境，专业方面的进步觉得很不理想。在那里我仍学习古代希腊哲学；后来觉得，既然来了，似乎也应该学点当代的哲学，所以就念起维特根斯坦来。这是我接触现代西方哲学的开始。

维特根斯坦的书当然是很吸引人的，我读了他的《逻辑哲学论》和《哲学研究》，被他那种快刀斩乱麻和穷追不舍的精神与勇气所慑服，感到现代哲学中也有好东西，于是就从历史角度写了一篇文章，主要是把维特根斯坦和康德比，说他的《逻辑哲学论》像康德的《纯粹理性批判》，《哲学研究》像《实践理性批判》，回国后用中文改写，发表在商务编的《外国哲学》上。这篇文章当时就有同事批评说对比不当。这个批评当然很正确，现在看这篇文章的观点已不足取，只是我从此就喜欢上了维特根斯坦，并开始更广泛地接触西方现代哲学。

从美国回来，一方面我把关于苏格拉底的研究做完，出版了《苏格拉底及其哲学思想》。这本书在理论方面有所加强，像对"辩证法"的研究，就在历史与逻辑统一的探索方面进了一步；但总体说来，仍然是侧重历史性的研究方面，这明显地表现在关于"理念"问题的讨论上。另一方面，回国后我多了一件事，即想了解现代的西方哲学。这本来只是多了一个兴趣，没有觉得和希腊哲学、古典哲学有多少联系。

起初，我想从维特根斯坦这个路子搞下去，因为觉得这部分较难，不如先从大陆哲学晚近思潮入手，想较快地把这个系统过一遍，然后集中力量攻分析哲学这个系统。于是就改读从新康德主义以来的现象学的书，不想，这一发就不可收拾，至今还没有回到原先的计划上来。

新康德主义的书比较好读，因去"古典"不远，到了胡塞尔就感到有很大的阻力，觉得难以接近。可能我入手有点问题。我先读他的《逻辑研究》，困难太大，所以现在我让学生先读他别的书，可能容易得要领；但我不认为胡塞尔《逻辑研究》像康德"前批判"时期的著作那样，是必读的。

这样，我循序读了现代现象学的一些书，读一部分，写一部分，后来写成了《思·史·诗》出版。

写完这本书后，我感到自己的思想有了一些依傍，有了一些自己的心得。起初，这本书我想把它用两种方式写，一方面介绍哲学家的生平学历及有关著作的学术活动，用小字排印；另一方面写自己的研究心得，用大一点的字号排印。可是实际上没有这样做，原因是我没有耐心去做第一项工作，所以就写成了现在这个样子。这个情形说明我已失去在做古代希腊哲学时那种"专业"化的兴趣，而更愿意讲述自己的意见。这两年来，这种倾向更是变本加厉。我写文章不大愿意用引文，以致在港台的学术会议上有人觉得我的论文不合"国际惯例"，好在他们都还看重我论文的内容，并不拘泥于形式。这是我这几年来思想和文风方面的一个变化，似乎并不是故意要这样做的。

　　这本研究现象学的书之所以取书名《思·史·诗》，是因为我觉得西方哲学自现代现象学——即胡塞尔现象学后，特别经过海德格尔，"思想"、"历史"、"诗"就更加明显地被置于同一个层次来理解。我们知道，现象学的思路在黑格尔那里就很明显，但他的绝对理念论是有等级的，"诗"处于最低的层次——当然，我们可以理解为处于最"基础"的层次，这可以开出另一番境界；而海德格尔才真正将这三者统一起来，并将三者统一的基础置于"历史"。Dasein 是历史性的存在。西方哲学传统理解的"存在"是抽象出来的"概念"，而海德格尔的 Dasein 虽亦是 Sein，但却不是抽象的，而是具体的、历史的。这是海德格尔从胡塞尔现象学的基础上创造性地开发出来的思想。

海德格尔的"历史性"思想本身亦有两面：一方面它是摧毁性的，它强调思想的具体性、有限性；另一方面却也有继承性，有限的思想逃不出历史的"命运"。前者发展出法国"后现代"哲学，特别是德里达的哲学，后者则有海德格尔的学生伽达默的"解释学"。在完成《思·史·诗》后，我对这两方面的发展都做过一些研究，写过一些论文。

比起"后现代学派"来，"解释学"显得传统一些，我在《伽达默的美学思想》这篇文章中谈到伽达默把海德格尔的思路拉回到康德的《判断力批判》，固然很有见地，使海德格尔的"诗"有了一个坚实的历史思想基础；但原本颇有黑格尔"具体共相"的"思"，则失去其光泽，我想这亦非海德格尔之初意。

以德里达为代表的"后现代派哲学"态度非常激进，他们批评海德格尔自己对传统形而上学否定得仍不"彻底"，"思想"和"艺术"仍可有自己的独立的系统，即"意义"自身的系统，而在他们看来，"意义"本身是断裂的，只有横向的关系，纵向的系统只是一种人为的"假象"，哲学的任务就是要将此种人为的"结构""解"掉，还其本来面目。

德里达的书很难读，我费了很大气力才写了一篇文章

《意义世界的埋葬——评隐晦哲学家德里达》。后来我又读福柯的书，研究他的"知识考古学"，认为他解释"考古学"和"历史学"的关系，很有启发，就写了一篇文章来讨论它。写完这两篇文章后，我发现，我应该再写一个叫"在思·史·诗之外"或"超越思·史·诗"这类题目的书。

可是，我没有写这本书，除了实际上我挤不出时间外，我的思想上也有另一些考虑。

五、重新重视古典哲学

还在我集中研究希腊哲学时，我就感到西方的学者也有顾了史料顾不上思想的偏向。专业的古典学者侧重史料考订，而瞧不起哲学家从思想理论上的探讨，尼采是一个被批评的例子；海德格尔对希腊哲学有大量的研究，却很少被古典学者重视，也是一个例子。我曾就这个问题写过一篇小文章，希望二者能够结合起来。

逐渐地，我感到不仅是研究希腊哲学有这个问题，整个西方哲学本身确实存在着一种"问题"之"延续性"，即观点、理论可以对立、否定，但讨论的"问题"却是相当"同一"的。这就是说，历代的西方哲学家，在"继续"讨论着他们的"问题"。这个想法，在我读到胡塞尔说他的"理念论"正是说了柏拉图当年想说而没说清楚的问题时，更加受到鼓励。正是在这个思想下，我才决心集中一段时间研究西方的现代哲学，而暂时不接着写希腊哲学中柏拉图、亚里士多德部分。我相信，在我把握了西方现代哲学精神之后，柏拉图、亚里士多德部分会写得更好一些。

这样，我的眼光就从"后现代"的"断裂层"又回到思想的"贯通"方面，从而发现当代西方除"后现代"那些激进的思潮外，尚有莱维纳斯、利科诸家，沟通着哲学的历史和现状，并且同样与海德格尔有密切关系。

海德格尔的思想是"批判"的，同时也是"解释"的。说它是"批判"的，是因为它强调 Dasein 的有时限性，即有限的；说它是"解释"的，是因为 Sein 不是 Seiende。海德格尔的 Dasein，就其为"有死的存在"言，是典型的希腊传统。我觉得，古代希腊民族是世界民族中最能看透"人是死的"这一真理的民族。当然，希腊及其影响下的西方哲学传统着眼于以"科学"、"理智"来维系"有死的人"的延续问题，而海德格尔则直面"有死者"的"死"的问题。希腊传统认为"死"是"自然"的，因而甚至对"思想"（灵魂）是一种"解放"，海德格尔则强调"死"只有"人"才有，所以"死"是一个新问题，现代的问题。

以希腊哲学为基础的西方传统相信，"科学"、"知识"可以弥补"有死的""人"的局限性，任何"科学"都具有普遍性、永久性；"哲学"是最基础的科学，所以它也是永恒的科学。现代西方哲学某些思潮，特别是"后现代"思潮认为一切"科学"都只能是"死"的，因为"科学"离不开"概念"体系，"概念"体系是先分割开来，然后再联系、组合起来的。"概念"体系用以研究"自然"，因为"自然"是"死"的，故颇为有效，但"人"却是"活"的，"人"不可"概念化"，因而不可能有一个"概念"体系来把握"活生生"的"人"。于是就有"人文社会科学"如何可能的问题。我写了一篇《"现象学"和"人文科学"——"人"在斗争中》的论文，试图讨论这个问题。我认为应该肯定"人文科学"的可能性，试图用"科学"的形态来占据那被"宗教"占据的地盘，因为那知识、科学之外"活的存在"则为信仰性、宗教性观念之避风港。

当然，承认"思想"、"科学"的普遍性、永久性，并不一定要回到传统的形而上学体系，只是不主张把此种体系完全当作错误而抛弃，而对它提出的问题重新加以认识，这种"重新认识"，自然也应考虑到从康德《实践理性批判》以来包括实存主义、海德格尔以及德里达诸家的问题在内，即，我们如何使"自由"（活）也有一种特殊的学科来加以讨论、研究，使人们有一门关于"自由"的讨论、研究的历史。

在这个思路下，我对于"生"、"死"，"时"、"空"等问题有一些自己的考虑，借题发挥，写了一篇文章《关于"文物"的哲思》发表在《哲学研究》杂志 1993 年第 3 期上，主要是强调"时间"、"生命"之"延续性"，而这种"延续性"对于"有死的人"来说体现在"思想"、"意义"在讨论、对话、否定、肯定中得到"存留"，所以"文物""文献"（包括哲学的书籍）都"可以"是"活"的。

从生命之"延续性"的角度看，"否定"、"批判"是"生命"的表现形式，所以我们可以从哲学史上各种论争中看出其中的"继承性"和"延续性"。费希特批评康德，但他最初的著作被误认为康德所作；黑格尔、谢林又批评康德、费希特，提出"绝对"来"统一"主客，而黑格尔《精神现象学》却是那个在康德那里不可显现的、纯思想的"自由"的"精神"的历程。海德格尔与胡塞尔分道扬镳，但始终承认与现象学的关系。就历史的眼光来看，胡塞尔有点像康德，而海德格尔有点像黑格尔。

思想走到这一步，我觉得整个西方哲学，只要是认真的、有水平的、不是胡说的，则都是可以"贯通"的。所以，除了目前手边工作必须重新研究希腊哲学外，我总想再重新好好阅读德国古典哲学的书。不仅西方哲学本身是"可以""贯通"的，而且中西哲学、文化也是"可以""贯通"的。

我不敢说自己也要研究中国哲学，有一位朋友几次问我是否也要搞中国哲学，我都回答说"谈何容易"。中国的学问，博大精深，一个人精力有限，何敢谈"研究"。不过作为一个中国人，我当然也很关心中西文化沟通的问题，而且我认识中西两种文化固然有许多很重要的不同处，但就其基础而言，仍是可以沟通的，亦即双方对其"不同处"，都是可以"理解"的。

中国人能理解"西方文化"，现在大概已无多少疑问，当然深度、广度或有不够的地方；西方能够"理解"中国文化，或"需要""理解"中国文化则要有些论证。

譬如，西方没有"书法"这门艺术，中国人如何说得西方人也能"理解"它，就要下点功夫，用他们能懂的语言、思路来向他们"解释"。我写过一本书《书法美学引论》，试图做这方面的工作。近来应一个杂志的邀请，写了一篇短文章叫《有人在思》，用以阐发中国书法的"意义"。一位美国朋友说，中国的书法就像他们的"抽象派画"一样，我说抽象派画是几何学式的，而中国的书法则不是，就其作为"刻痕"（用海德格尔、德里达的词语）而言，却是很"具体"的，我的文章题目叫"有人在思"。你看，"有"、"人"、"在"、"思"这些海德格尔等常用的词都有了，就是那"思""什么"的"什么"还"虚"着。可惜这些文章不容易译成英文，否则就更容易交流了。

我这方面的工作因受到一些朋友的鼓励，以后或许还再做一些，以尽一个中国学人的责任，不过仍然不敢自称"研究"。

"人文科学"德文叫 Geistewissenschaften,Geist 是活泼的，不安定的，它不断地提问题，不断地探索。希腊人告诉我们，psyche-Geist 要与 nous-Verstehen 相结合，Geist 要受 Wissenschaft 之制约，是为 Vernunft-reason，则是古典之精神，是古典哲学之精髓处。

"人"是"有死的"，但"精神"却可以"长存"，这不是迷信，不是宗教的"灵魂不灭"，因为"精神"凝聚在"理智"、"科学"的形态中，"智慧"的产品可以"存留""精神"，并"激发""另一个""智慧"。"我"自己的工作（理智性工作），都是在"别的""智慧"的激发下做的，所以首先是"学"，至于是否也能做出一些"智慧"的工作来激发"别人"，则非敢妄断。不过"生命"既然与"思"不可分，则有生之年当继续"学"与"思","学"如何去"思"。

在我来说,"学"、"思"之间,"学"为先。我做学术工作也像我写字一样,我写字绝大多数时间是"临帖",不大自己乱画;同样,我的工作大部分时间是"读书",读到真的"有话要说"——"话"让我"说"时,才写点什么。这也是因为我读书少、临帖少所造成的习惯,不足为说也。

(原为《无尽的学与思》代前言)

30年学术工作感想

我在这个哲学研究所工作了50年了，现在这个题目怎样讲？现在这个题目只是意味着：我虽然在这个研究所工作了50年，但是真正能谈得上做"学术工作"，还要从中国社会科学院的成立算起。

不是说以前的日子都白过了，不是的。

我从1956年被分配到哲学研究所（以前属于中国科学院哲学社会科学学部）工作，一直没有挪动，而且也一直属于这个"西方哲学史研究室（当年叫研究组）"，就年头来说，当属"元老级"的了。

我刚来所的时候，这个研究组由贺麟先生负责。反右之前，贺先生对于这个研究组或者对整个西方哲学的研究工作，很有一些设想的，记得他很想出版一份研究西方哲学的杂志，以便有一个发表成果、研讨问题的园地；短期内，他每周主持一次学术活动，由一位先生主讲一个问题或一本书，大家讨论，组内杨一之先生、管世宾先生讲过，北大宗

哲学所西方室成员

白华先生也来讲过。贺先生还应我们的要求,给组内当时几个年轻人讲过黑格尔《精神现象学》,用的是英文译本,这样既学了黑格尔哲学,又学了英文,也不光是我们几个年轻的研究人员参加,当时刚调到所来的老干部姜丕之也参加了——当时姜丕之也不到40岁,现在说来,也属年轻人之列,不过那时候也许因为级别的关系,没有人将他列入年轻人。

只是好景不长,贺先生出刊物的计划当然不能实现,那些讲课、讲座,也都为时甚短,自从1957年开展反右派斗争之后,就很难谈到"学术工作"了。

所以，就我们这代人来说，"学术工作"以中国社会科学院成立以后的 30 年来算，是很确切的。

30 年的时间也不算短了，所以回忆起来，我感到十分感激、欣慰和庆幸，也感到相当的惭愧。

就大环境来说，这 30 年尽管有些小的起伏，但是总体来说是做学问的大好时光，珍惜这个时光，是我们这一代人感受特别深的。

当然不是没有干扰，譬如现在的"经济"的"干扰"，其"力度"并不亚于几十年前"政治"的"力度"；不过还是有所不同："政治"运动就个人来说，是"不可抗拒"的，而"经济"的干扰，就个人来说，则是"可以躲避"的，尽管难度比较大，但还是可能"抵制"一下的。

这 30 年来，社科院保证了我们的基本生活和研究条件，而且上上下下还有不少人为改善这个条件做工作努力争取，我们这些研究人员，固然难免有些牢骚，但是心思主要应用在自己的学术工作上，工作成绩好坏，可说大半"咎由自取"，不得再像以前那样"怨天尤人"了。

当然，30 年以前，对于一般的研究人员，当时的"学部"或者当时的"社会"也都是保障了我们的"基本生活条件"的，但是相当多数情况，并不保障我们的"基本工作条件"，最主要的是不保障我们的学术工作的"时间"。我们的"时间"大部甚至全都被"政治运动""占用"去了——更不用说"挨整的"或"疑似挨整的"那种实际的或精神的伤害了。

因此，要说这 30 年来最珍贵的工作条件，就是"时间"上的保障。

我致力学术工作，积数十年之经验，深知"时间"是"他人""给予"的，当然也有个人争取的因素，但在一定的大条件下，个人的争取是很困难的。如果天天让你开会搞运动，再大的"天才"也难以成为"学问家"。

由于年轻时候"会"开得太多了，我自己感到得了一种"会议恐惧综合征"，一提到开会，自然要产生一种"退缩"的反应，如今造成有些本应参加的"会"，也要推托，幸亏现在的宽松环境，也加上大家的理解，原谅我这种"心理病"。我当然也要努力克服这个毛病。

"时间""给"了你，或者说，你"争取"到了"时间"，在这个 30 年"时间"里，你做了些什么，做得怎么样，那可就是你自己的事了。

30 年时间，就自己方面我要说，一则以喜，一则以忧。

"喜"从何来？30 年来，我读了一些书，也写了一些书，在为学之道方面也有些体会，而且我还能感到自己在学问体会上有所"进步"，而且或许还有可能再进步。

譬如"学"和"思"的关系，过去我也说了一些体会，但觉得那还是并列起来说的，好像"学"跟"思"是两件事，只是力求将二者"结合"起来有点体会，这当然也并不错，但现在我觉得它们原本是一件事，"学"与"思""不可分割"。

"学"与"思"的确可以作两件事来看、来做，读书、学习归读书、学习，思考问题归思考问题，"学习"重"跟随"，"思考"重"独立"，古人说"学而不思则罔，思而不学则殆"，也是对的；只是更进一层说，"学"和"思"原本"同出""心源"。

"思"固然要用"心"，"学"也要用"心"。用"心"来"学习"，用"心"来"思考"，则"学"也，"思"在其中，"思"也，"学"在其中，二者是一而二，二而一。

之所以说将"学"与"思"作两件事来看也可以，乃是它们或许在做"学术"工作的"过程"中，或有重点之不同。

工作之初，或以"学"为主。我在改革开放初期，也就是建院初期的工作，主要是"学"。当时我读书很杂，但以古代希腊的哲学材料为主，对这些材料，加以梳理，提出一些

八十寿辰与学生在一起

理解的线索，还谈不到"思"，只是在"学"的过程中注意"运思—用心"，由于此时之"心"囿于种种条件，尚不足以言"独立"，那两本关于古代希腊哲学的书，只是在"学"的方面下了功夫，尚有可取之处而已。

随着自身学术工作的积累和深入，"思"分量渐渐加重，我从古代希腊哲学转向研究欧洲近现代哲学，说明我的侧重点向"思"倾斜；然则，"不学"无以"养思"，"思"同样也要"学"——"学习""他人"如何"思"，"学习"大哲学家如何"独立思考"。

这时候，我也不是不读书了，而是从材料性地读，转向思想性地读了。不是说，材料不重要了，而是说，"思想性"，毕竟是"哲学"之当行，"哲学"将"材料""融会"于"思想"中，要像是"从思想中"自己"出来"的那样"融为一体"，不是"材料"归"材料"，"思想"归"思想"那样拼凑——或者说得好听一点儿，叫"结合"起来的，这样才可以说是"哲学"的"独立思考"，才是"哲学"的"自由思考"，才是"哲学"的"精神"。"学"和"思"皆"同出""心源"，同出于这个"哲学"的"精神"。

关于哲学和哲学史的关系，关于"我"和那些历史的和现实的大哲学家—他者的关系，我以前说"我"好像是一个"讨论会"的"主持人"，"让"那些大家们更加主动地、更加明确地"互相""讨论"，"讨论"出来的"道理"、"结论"，是他们自己"相互讨论""得出"来的，不是"我""自己""得出"来的，容有"新进"，也是"他们""自己"得出来的，而不是"我""想"出来的。

在这个理解的思路中，"我"被"隐"去了，有点儿过于消极点儿，实际上如果"我"很努力，很自觉，在"学"和"思"上都很下功夫，都很"用心"，那么，"我"就会"融入""他者"的"学问"中，似乎"我"不仅仅是一个"主持人"，"他者"也不仅仅是参与节目表演的"嘉宾"；"我"、"你"、"他"都是这个"哲学"的"历史性""讨论"的"参与者"，都是"哲学"这个"思想""盛宴"的"嘉宾"，同时也都是"主持人"。

"我"也许是这场哲学盛宴的"主人"，是"我"把这些"嘉宾""邀请"来参加"讨论"，"嘉宾"是"客位"，"我"在"主位"，然则，这种"主—客""关系"，原是"我""建立"起来的，因为"客人"是"我""邀请"的，"我""使""他者"成为"客人"。

"我""建立"了"诸他者"，"我""树立"了诸多"对立面"，"他者"不仅和"我""对立"，而且"我"发挥"主位"的作用，使"诸他者"也"相互对立"，相互讨论、争论。在这场争论的盛宴中，"主—客"相互转化，大家"轮流坐庄"，因为原本大家都是"主体"，都是"自由"的，相互并无"臣服"的"关系"，大家共同"服从""真理"，于是，这个"真理"，就具有"超越性"，在一场盛宴之后，在"酩酊大醉"醒来之后，人人又都"回到"了"自己"。康德、黑格尔、海德格尔的书，仍是他们各自的书，无人侵犯他们的"版权"，只是当"我"醒来之后，发现今日之"我"，已非昔日之"我"，"我"因这个盛宴而得到"提高—升华"，通过"相互"之间的"讨论—争论"，"我"努力"克服—化解""他们"的"矛盾"，从而得到"提高"，"我"的"学"和"思"得到了"发展"。

说到这里，我想起了黑格尔，想起了尼采，想起了海德格尔，也想起了我们欧阳修《醉翁亭记》里那位"太守"。

我读康德、黑格尔、尼采、海德格尔的书，我向他们"学习"。"学""什么"？不仅"学"他们的"学术生涯"，生卒年月、教学、著作等等，而且"学"他们"如何""思"，"跟""他们""学"，也就是"跟""他们""思"。"学""他们"的"思路—理路"。"用心""学""他们"的"思路—理路"，是我们做哲学的"要务"。

既曰"用心"，就有"我"的"主动性—独立性"，"心"者"新"也，有点像德国古典哲学里的"精神"，"精神"是"活泼泼"的，"自由"的。

只有"自由者"才能"举办"哲学的那种"盛宴"，"主位"和"客位"都是"自由者"，"哲学盛宴"不"邀请""奴性者"，这个盛宴的门口挂着"奴性者免进"。

倒不是"哲学""小视""感性事物"，恰恰相反，"哲学"之"学"，不仅限于"哲学家"之著作，"哲学"关心一切著作，"学"一切之学问，只是任何"学问"真正"进入"

"哲学"之门,皆得"自由",举凡"物理—化学、天文、地理"等经验科学,"哲学"都会对它们作"自由"之思考,将它们的"必然性",作为"自由—理性"的一个"环节"来理解,使它们的"概念"和"原理"不会"一成不变",而有一个"发展"的"根据"。"哲学"使一切"必然性"的学问都"活动—能动—自由"起来。

"哲学"使一切的"学"都"思"起来。

"我"对一切的"学"都感兴趣,所以"学"得就相当的"杂"。"哲学家"常是"杂家";但不能"止于""杂"。

"哲学""邀请"一切的"学问"来"自己""家里"做"客",作自己的"对立面"。"哲学""欢迎"一切"客人",这是法国莱维纳斯的意思,我只是补充一句:"哲学""欢迎"一切"客人","如同己出"——"对立面—他者"为"我""树立",是"我""招回—邀请""他者""来"的,"我""建立"了"他者"的"客位","我"也"有能力""和""他们""融为一体",使得"宾至如归",亲如一家。

"哲学"是一个"家",是"理性"的"家园","自由"的"家园";入这个"门"的,也不免,或必然争吵、矛盾,但经过艰苦磨难和斗争,能不被"逐出"这个"家门"的,终将其乐融融。

此为"一喜",尚有"一则以忧"。我在这个"家"里年龄不小了,并非"忧"那不可避免的"死",而是感到来日无多,继续做学术工作的时间所剩无几了;回顾以往,觉得惭愧,就学术工作来说,许多该做的工作没有做,而来者可追的不多了,这是时常"忧虑"的原因。

曹孟德说,何以解忧,唯有杜康;他认识到唯有参加一个"盛宴",才能"解忧";那么,还是让我们"实际一点",不作过多的"追忆",不因失去许多"学术时间"而懊丧,而是面向尽管对个人来说已经不很长的"未来",努力继续参加"哲学"的"学—思"盛宴。

2006 年 12 月 25 日于北京

我是还要买书的

近几年我不大买书了，但以前我倒是常逛书店买书。因为我主要买外文书，所以北京几处外文旧书店我都还熟悉，有时还要在上海、天津的旧书店买一点儿，当然最熟悉的还是北京的。

20世纪50年代哲学所在中关村，进城不方便，等1958年底搬入城内，我住东城干面胡同，离东安市场几个书店很近，买的书就多了起来。那时中原、春明等几家旧书店外文书很多，去逛的人当然不乏前辈专家学者。记得有一次还碰到了周扬，正好前几天他在北大临湖轩接见了我们几个编写美学教材的，故还认得我，问了一声"有什么好书"，转了两圈就走了，看样子对店里的书相当熟悉。

说也奇怪，买书的高潮竟是在"文化大革命"的末期。也许是因为被压抑已久的"文化欲求"突然被网开一面，有一个渠道可以满足一下的缘故，那灯市西口中国书店外文部虽然要凭人事部门的介绍信才得入内，但那些初获"解放"

的"牛鬼蛇神"老师们趋之若鹜，有时使那小小的店堂熙熙攘攘，好不热闹。我在那里常可以碰到北大的老师洪谦、齐良骥，已到人大的老师石峻，他们远从西郊而来，常在书店流连忘返；尤其是齐先生，似乎每星期必到，专买法文书，书店的老尚和老刘师傅也常为他留些法文哲学书。

在学部（社科院前身）工作的老师们因地利去的就更多了。我们干面胡同常去的有贺麟、戈宝权，不住干面胡同的何其芳也常去，他有时还带一根棍子将书背回去。据说缪灵珠先生也常去，可惜我不认识他，只是有一次看见他的夫人替他去取选好的书，说是病了，但还惦着这批书。

我那时很穷，每月固定出两块钱，作买书"专款"，所以选起书来掂来掂去，常错过一些好书，至今还在懊悔。后来想了个办法，好像现在的"大款"那样把书都选出来，慢慢地挑那又便宜又好的买，剩下的则给所里图书馆，这样书店也欢迎，而那时五六块钱也可以买一本很好的书，有两三个月我也就存起来了。办法是不错。但每月那两块钱常按捺不住地花了出去，下个月仍只有两块钱。不过，无论如何，我的有关希腊的一些书，大部分还都是那两年收集的，我开始做希腊哲学方面的研究，当然要感谢这些书了。

贺先生知道我喜欢书而又买不起什么书，不但借我书

古希腊哲学特殊学科赠书仪式

读，有时还送我一些书。在干面胡同大院里，贺先生是藏书最多的人当中的一个，中外文书都很多，还有些字画。那时候，机关图书馆一度停止借阅，贺先生家就是一个半公共图书馆，不少人从他家借书，他都慨允。他也常约我一起去西口的书店，有时还要替我付书款。有一次看到有温德班两本文集，他有这个集子，我向他借过，他就要买了给我，我不好意思地拦了，说想念时再向你借。过了两天，贺师母下班送来这两本书，说"贺先生让买给你的"。

贺先生终于落实政策了，补了扣发多年的工资。一天他来约我去西口逛书店，说这回你想买多少就买多少，我替你买。那天贺先生自己买了《全唐诗》，还有一部新印的碑帖汇编，我则选了部我自己买不起的拉丁文字典。回家的路上贺先生说，你在这本字典上写点什么，留个纪念。后来我用毛笔工工整整在字典上记下了这件事。不过很惭愧，我的拉丁文却一直没有多少进步。

贺先生渐渐地行动不便了，不能再去逛书店；后来眼睛不好，连伏案工作都难了。有一天，我去看他，只见他坐在轮椅上让人推着沿书架"巡视"，威严得像个将军，深情得又像个恋人。

买书原也有点"占有"的欲望在内，为"消解"那层不太好的意思，我才说它是"文化的占有"，好使这种"占有欲"高雅起来。不过既然是为"占有文化"而买书，就要用功去读书，去占有那书的"内容"，不光是"形式"；可是我自己的情形却往往是：买来的书不太读，借来的书则读起来比较抓紧、比较认真，这似乎也是我近年不大买书的原因之一。

然而，如果我认真读的书又是我买来的书，则无论"内容"或"形式"我是都要去"占有"的，这样，这些"书"就会成为"我"的一个部分，成了"我"的"存在形式"——或"我"的"存在场"的组成部分，to have 就会成了 to be。

"我"不能没有这些"书"，就像不能没有眼睛、鼻子，不能没有手和脚一样。

所以，我只是说"近年不大买书了"，但绝不说"再不买书了"。我是还要买书的。

沈有鼎先生和他的大蒲扇

1989 年初夏，报上发了一则几十个字的讣告，让人们知道著名的逻辑史专家沈有鼎先生去世。这则讣告，大概连学界的同行注意的人也不多。这也难怪，据说发这类消息是按级别的，当然这个级别不是学术性的，而沈先生最高行政性头衔是"离休干部"——沾了清华园早解放的光，而当年北大在城内沙滩，北大教员则无此殊荣。

现在人们想起了沈先生，可能主要听到或读到有关他的一些逸事奇闻，觉得这个人很有趣，想有更多的了解。当然，沈先生有许多好玩的事，学生们凑到一起，说也说不完。不过在我们心目中，沈先生首先是一位博大专深的学者，一个有特等头脑的学者，当然的确也是一个很有趣的学者，有许多奇闻逸事的学者。

作为我国著名的逻辑学家，沈有鼎先生在逻辑学方面的造诣，享有国际声誉。沈先生在新中国成立前已有中英文章多篇问世，改革开放后更有专门的论文在国内外学术刊物发表，进一步受到国内外学术界的重视。

沈先生对中国逻辑史的专题研究，更有突出的贡献，由于他运用现代逻辑的工具，分析古代诸家所提出的逻辑问题，使那些问题得到了进一步的澄清和深化。沈先生这方面的成就，可以以他中文主要著作《墨经的逻辑学》为代表。

这本书写于 20 世纪 50 年代，陆续在当时《光明日报》"哲学研究"副刊发表。沈先生这项研究，当年刚发表时就引起了广泛的重视，被认为是功力深厚而又有新诠释的科研成果。80 年代集辑成书，当我们重新学习时，更感到沈先生学术功底之扎实。那艰深难懂而又脱落误抄的古文，和那曲折迂回的推（道）理，经过沈先生清楚明晰的分析鉴定，显得平实、好懂多了。像著名的"白马非马"、"离坚白"等中国逻辑史问题，沈先生书中从逻辑的指谓等方面，有清楚的叙述，而作为附录收入书中讨论墨经"一少于二而多于五"的文章，更是沈先生思考这个问题取得的"巧妙"（原书语）心得。你可以不同意他的解释，但沈先生的解释绝不会把问题搅混，使你糊涂，而是把问题揭示出来，让你知道问题所在，提反面意见时也知道从何下手。我对专门的逻辑问题是门外汉，所以读沈先生书时更多的是感到他那抓住问题不放，力求干净利落地来解决问题的科学态度和智慧，这常给我以逻辑学之外的教益。

　　我在北大读书时大概只远远看到过沈先生，但后来我们不但是北京干面胡同平房多年的邻居，而且在河南干校就床铺位置言，也是邻居；不但在北京哲学所是同事，而且在河南干校菜园班也是同事。

　　在干面胡同宿舍里，住的有许多名人学者。宿舍后院盖起新楼房，沈先生原也有资格搬进去，只是他嫌麻烦，就留在前院平房，与我们年轻人为伍。这个宿舍里有两位老先生走碰头可以不用打招呼而又不以为忤，一位是罗念生先生，一位就是沈先生，但原因各异。罗先生因眼睛不好，看不清人，所以有时躲懒偷偷从他身边溜过；沈先生是不知道他那时脑子里想什么，大部分是你打招呼也白打，他急匆匆走他的路，好像没看见你一样，而他如果真有话跟你说，你走多远他也会追上你。

　　沈先生要跟你聊，那很难有什么东西能拦住他。一般他是不分场合、地点、时间和条件，只要他想跟你说些什么，也不管你在做什么，劈头就会说起来。不过话得说回来，一般我总是很欢迎沈先生的突然出现，那时他准有什么读书和思考心得来谈，而且他跟我谈的，准是我关心、喜欢的题目，从不谈专门的逻辑问题，因为他知道我不搞它，谈的大都是西哲史方面的话题，每次都使我有所获益，所以每次不论我在做什么，都让他把话讲完，尽兴而去；唯有一次——只有这一次，我正在写我那本《前苏格拉底哲学研究》中一段，实在不想打断，于是就对沈先生说："今天只谈20分钟。"果然，他看着表——谢天谢地那时他已有一块手表，谈到20分钟，真告辞了。

沈先生来，有时也是要听你讲。每年夏天晚饭后，干面胡同平房大院里，常常可以看到沈先生手持大蒲扇走来走去，这大概是他读书读"饱"了之后一种心旷神怡的表现。这时，如果我有朋友来，在门口放一张小桌一起聊天时，沈先生就会凑过来，一屁股坐在小马扎上，聚精会神地听我们聊天，很少打扰。在我的朋友中，常遇到这种情形的是徐书城兄，那时他在一个剧团画布景，谈的大多是艺术和美学方面的事，沈先生也听得很入神。

说起艺术，沈先生这样的"怪人"，居然也有那种情趣，而且有很深的修养，大概是一些人想不到的。当然，他是沈周的后代，家学自然很深厚，不过我也没有料到沈先生对中国戏曲的音韵也很熟悉。他知道我喜欢京剧，有一次谈起来，他居然能如数家珍地把那"撮口"、"齐齿"以及十三道辙和《中原音韵》的韵部，分得清清楚楚，使我大为惊讶。后来才知道，原来沈先生会唱昆曲，可惜我没有听他唱过。

从说话的嗓音来看，他唱起来一定很好听。

无论如何，他这些音韵学知识，总是早年学得的，居然记得如此清楚，可见记忆力之强。我们所里有几位老先生博闻强记，沈先生是一个。他的外语好，而学外语需要好记性。沈先生不但英语、德语很好，而且懂得希腊文和拉丁文。沈先生懂希腊文是罗念生先生跟我说过的，而他拉丁文的知识所内许多人都曾领教过。记得20世纪60年代初，组（现在的研究室）里让我具体编一本纪念培根的论文集，约沈先生写一篇。只见他天天夹着那有拉丁原文《新工具》的那卷《培根全集》，来去匆匆，不久交来的文章是那样清楚、明晰，省了我这个小编辑许多的事。

说起记忆，一半是天生的，一半也靠后天训练。有一次沈先生来大谈希腊哲学，讲赫拉克利特的逻各斯，谈巴门尼德……他说得太细致、太专门了，我觉得不像是凭记忆来谈的，于是问道："沈先生，是不是最近读了什么希腊哲学方面的书？"他笑了一下说："对，我刚读完柏奈特的《早期希腊哲学》。"原来，他的记忆也要靠"温习"来维持的，怪不得在干校有一次他对我说："你老说记性不好，记性有什么要紧！"

的确，记性要靠温习，尤其要靠理解；但"理解力"也是一半靠天生，一半靠"修炼"。沈先生的思考、理解力自然公认是第一等的。我常想，我们一般人即使对自己的"思想"，也总有点虚无缥缈的味道，抓不住，摸不着，但"思想"对沈先生则似乎是一个成形了的具体的东西，是他"修炼"出来的一个"物品"，而且是个"活物"，可以呼之即来，挥之即去，要它往东，它不会往西。只要他愿意，随时随地都可以很快地进入"思想"，好像一个演员，用不着"酝酿情绪"就可以立即进入"角色"。

20世纪60年代新来一位副所长，是个很好的人，但因初来，不甚了解具体情况，他到干面胡同分别拜访老先生，沈先生在前院平房，首当其冲，但早上9点去，沈先生在睡觉，下午3点去，他老先生又在睡觉，适逢当时要精简一些老先生支援外地大学，这位同志有意也让沈先生去，幸亏金岳霖先生拦了，才未调出。当然，很快这位同志也知道，沈先生因为随时都可进入"读书"、"思考"的"角色"，所以作息时间没有规律。"文革"前，我和沈先生一墙之隔，或竟是一门之隔——那扇门是后来才用砖砌上的，有时我们半夜听到沈先生哇啦哇啦念书，好在那时我年轻，吵醒了马上又能睡着，并不在意。当然，不是说沈先生只在夜里才读书，只是说他随时都可以读，而且读起来就很难有什么力量让他走出书境。记得邢台地震那年，我在江西四清，接到家里来信说，院子里许多人都出来了，只有沈先生没有出屋，好像仍在读书。很可能，沈先生并不知道除了唐山大地震外，世上还有过一次邢台地震。

然而读书人也有不能读书的时候，我和沈先生都到了河南五七干校，大家都只能读少数的书，专业书当然是禁读的。有一个阶段，我和沈先生一起在菜园班负责推水车浇菜。这是个轻活，壮夫不为，有的也为不成，因为要像驴那样在一个轴心上转，平衡器官不好的，不能干这个活。沈先生和我都不怕转圈，所以一同管这口井。那时沈先生已体会出光膀子可以免去洗上衣之苦这种优越性，直到深秋别人都穿上衣了，他还光着膀子。不过在井台上，他可以不带上衣，却常带着一支小铅笔和一点什么小纸片：有时是拆开的信封，有时是拆开的烟卷盒——他不吸烟，当然是拣别人的。一休息，就看他在小纸片上画些什么，都是些逻辑符号，我看不懂，他也很少跟我说。现在想来也奇怪，那时沈先生和我很少聊天，倒是很认真地天天围着井台转。后来来到河南明港，住在一个大军营里，集中搞"运动"。我和沈先生的床之间只隔着我用箱垒成的"床头柜"。那时大家不种地了，"运动"更是疲疲沓沓，实际的气氛"宽松"多了。李泽厚常和沈先生聊康德，李的床就在我们的脚头，床之间空出了仅容一人通过的小空间。我那时白天读多种文字的语录，晚上打着手电看英文小说。沈先生很夸了我那种学外语的劲头。我和沈先生谈的问题不像李泽厚那样专门。记得有一次谈到中国乐器很多不是汉族的，我说读过夏衍一篇文章，说乐器名为一个字的，则是汉族的居多，我说"有点道理"，不想被人向军宣队告了一状，说我"吹捧四条汉子"。——当然不是沈先生告的。

在政治方面，沈先生在"文革"期间不是重点，只是有一次说一条"最高指示"中"要加上一个逗点就更清楚了"，被开了一个晚上的"批判会"，会上口号也很吓人，有"现行反革命"、"不投降就叫他灭亡"这类的标语和喊声；第二天一早，院子里红卫兵小将再找他，他却在胡同西口的牛奶站——当时是比东口的油饼店高级的去处——吃早点呢。后来，沈先生既不是批判对象，当然也不是依靠对象。不过，那时谁也不能置身事外，至少开会总要想几句来发言批判"地富反坏右资黑"，尤其是那个"五一六"，挨不过去，沈先生也要讲几句，于是他就说那年××、×××（已经倒了台的中央"文革"成员）在大席棚（在京时学部大院临时搭起的一个会场）来挑动群众啦，×××就坐在××的旁边啦，好像他在场一样，其实并无此事；在明港时，陈伯达倒台已许久了，他还在会上一本正经地说"根据陈伯达同志对学部的四点指示……"，引得哄堂大笑。于是，下面就流传沈先生一句"名言"："我们这些人打红旗也打不像"，他的意思是要说明他这样的人不会"打着红旗反红旗"。

要说"逸闻"，有两件事无伤大雅，补充一下。

"人之初，性本馋"，沈先生的"馋"也很出名。刚住进干面胡同时，他常常带着几本书，到东安市场一家小西餐馆，连吃带喝加上读书，一坐就是一天。好在那时餐馆很安静，人很少，有一次我看到他正在那里读书，也没去打搅他。干校时，尽管伙食比下放、四清要好得多，沈先生还是想到明港镇上小饭店吃一顿。从军营到镇上也还有一段路，他要我陪他去，他请客。说也奇怪，自从他有这个动议后，一连好几个星期天都下雨，没有人愿意陪他去；可是一到星期六晚上，他就老念叨"明天别下雨"。后来还是当时连指导员（所里的干部，不是军宣队）说，"你们哪位行行好，明天陪他去一次"，于是我们两三个人这才下决心陪他去了镇上。那天沈先生最开心，跟他读"饱"书后那副怡然自得的样子一样，而且那天也没有下雨。

另有一事是尚在息县农村种地，一天中午沈先生没有回屋歇晌，一打听，原来他在食堂换饭票。因为他在银钱上一向很仔细，找头必要细细数过，有人恶作剧，找给他许许多多的小硬币，他竟毫不含糊地一一数了，分成好几小堆，数下来居然少了几分钱，开玩笑的同志只得补了给他。

总之，沈先生是个能读书、能思考，也能吃、能睡的人。随时可以思考、读书，必定要有随时能睡觉的条件，否则身体顶不住的，而沈先生一向身体很壮实。1972年回城后，他又搬到前三门去住，我们见面少了。我们最后一次谈话大概是那年院里在人大会堂举办春节茶话会，在一片喧笑声中，沈先生绕过好几个桌子来跟我说康德"审美判断"问题。

沈先生离开我们好几年了，他的专门的学问当由他的高足们来谈，好在他40多万字的文集不久将由人民出版社出版，届时我们当好好学习、研究。

现在正值夏令，沈先生又该拿着那把大蒲扇在院子里晃来晃去了，不定什么时候就会坐下来跟你聊。当然，这已成了往事了。说起大蒲扇，如今北京很难买到，前几年小女儿碰到买了两把，每年夏天都拿出来用。有了电扇还要用大蒲扇，可谓"沈氏遗风"。不过"青出于蓝胜于蓝"，我的这把是好的，沈先生常拿的是一把破的。

1992年6月17日

悼念王玖兴先生

　　玖兴先生离开我们快一年了,《王玖兴文集》即将出版,以华约写序,却之不恭,但又不敢言"序",写一篇纪念文章吧。

　　王先生 1957 年回国来哲学研究所,那时我已经分配到所里工作近一年了,记得贺(麟)先生在颐和园听鹂馆宴请归国教授时,王先生没有"赶上"。那是一次"盛会":一是我第一次近距离见到一些很大的学者,二是那个餐厅当时不对外开放,贺先生有一个什么证,允许在那里设宴招待客人;王先生没有赶上,他"赶上"了"反右"。

　　王先生回国时正开始"反右"运动,虽然按当时的政策,刚回国不久的归国华侨,被豁免了,但是贺先生的什么证大概也失效了,所里的形势也陡然变得很严峻了,似乎发现了不少"敌人",要严阵以待,每个人的脸上都有一种庄严肃穆的表情。所以我第一次见到王先生是个什么样子已经说不出印象了,也可能是因为被豁免而不常来所也不常见面的缘故。

我记得起来的对王先生第一个印象好像是"反右"已经接近尾声，业务的问题又提出来讨论的时候。在一次小组——那时候"研究室"叫"研究组"，贺先生任组长——会上，谈各人的研究计划，轮到王先生时，他说要翻译一本有关存在主义的书，被一位老同志否定，声称本组重点在古典哲学，为深入理解马克思主义服务，所以要以翻译康德、黑格尔的书为主，当时我注意到王先生的表情很不高兴，但只能服从。这大概就是后来王先生与贺先生一起致力黑格尔著作翻译的最初的动因。

说起翻译，现在看当然是非常重要的工作，就学术领域言，其学术价值绝不低于研究写作，但是当其时也，我们的观念却不是这样的。

当时似乎有一种不成文的"规定"：凡"老先生"皆属于做做"资料"和"翻译"工作，而我们这些年轻人，重点在于"写作"。

当年这种"老先生"和"年轻人"的区别，是实实在在"有形"的，不仅仅是"观念"上的。"老先生"有单独的"学习"组织，定期开会，有固定的参加者，不是随便可以串的。

现在想来，也许这些"老先生"都属于"统战"对象，是由组织决定的。

王先生当然就归入"老先生"这一部分。

对我们这些年轻人来说，当年这个"老先生"组的成员，我们有羡慕的地方，也有不羡慕的地方：羡慕的是，他们的级别高，工资多，住房条件好；不羡慕的是，他们基本上不是"培养对象"，做做翻译，做做资料，研究工作要培养我们这些年轻人。这里意味着这些"老先生"是从旧社会过来的，或从资本主义国家回归的，在哲学观点上旧的影响比较深，需要大大的改造，而我们毕竟是新时代大学培养出来的，学的主要是马克思主义，改造起来相对简单一点。

所以很长时间里，我跟王先生是"两端"的人。

我们哲学常常教导人说，"两端—两级"是可以"转化"的。随着时间的推移，王先生从原来的"老先生""极"，转化为光荣的共产党员；我却从"可以培养—信赖"的"年轻人"，转化成"老先生"了。只是现在想起来，这一切，对于王先生固然是极好的事情，不过也还有些遗憾：他的好事情来得晚了些。改革开放时王先生已经步入高龄，时间是不会倒流的。

比起王先生来，我似乎是比较"幸运"的：我"赶上"

的时间比王先生要好。当王先生做"老先生"的时候，我是年轻人，至少在业务观点上是可以培养的，我们可以集中做学术研究工作，写文章，写书，在非运动时期还是受到保护和鼓励的；作为"老先生"，主要就只能按照需要，做一些翻译工作，写文章和写书固然不会被完全禁止，但也不被不很积极支持的。

这样，在我的心目中，我们研究组的包括王先生在内的主要工作就是翻译古典哲学名著。应该说，这样一种形势，的确造就了一批不可替代的翻译著作，其学术价值和对社会文化的贡献，有的要大大超过一般的学术专著。

就以王先生和贺先生合译的黑格尔《精神现象学》来说，那是下了极大的功夫的精雕细刻之作。那时我跟贺先生同住一个大院，贺先生住后院的高级楼房，我住前院的平房，我经常见到一早王先生就匆匆进大院，我知道那准是找贺先生讨论翻译中的问题了。有一次，到中午的时候，看见王先生又匆匆来找我，说他低血糖，一饿就心发慌，我心里一紧，那时招待客人是一件事，平常的饭食是难以待客的。这时王先生赶紧说，不吃饭，有糖没有，我松了一口气忙说有有有。我从小孩子的糖盒里拿了一块糖，等糖发挥了作用后，王先生这才从容讲话，说他跟贺先生争论起来，也不知是谁把谁改了的句子又改了回去，王先生不同意，跑去争论。我那时年轻，不很懂得翻译工作的艰难，但我已经感到，哲学的翻译工作，不仅仅是语言文字的问题，更是一个学术理解问题，他们的争论，也不仅是文字转化意思问题，当有更多的学理问题在内。

我对翻译工作的观念有一个转变过程，也跟王先生有关，那是晚近的事情了。王先生翻译费希特的《知识论》，所里推荐到院里，要我写一个推荐意见。尽管外语水平低，我也不敢怠慢，选了几段，对照原文读了起来，对着对着，我发现，王先生的翻译，越是在难译的地方，越见功夫。他的译文，在这些地方，常常照顾到外语、汉语和思想内容方方面面，译文读起来是那样的熨帖，对照以后，才感到译者是下了多大功夫才译得如此的顺当妥切。

这件事情后，我常常跟人谈起，王先生的翻译，有的条件是难得的：首先他的外语好，这当然是很重要的，在"文革"后期，我和王树人同志每星期去他家学德国作家施托姆的小说《茵梦湖》，对王先生的德文水平有较深的理解；其次，他的中文好，这是我从他的译文和写作文章中，可以看出来的。这一点，过去我仅简单理解为"老先生"中文底子一般都好，而这次看到这个文集里说他原本是跟冯友兰先生学中国哲学的，才使我明白，王先生对于中国学问，是下过专门的功夫钻研过的。

这第三个条件，就是王先生的哲学训练当然很扎实，而且还是很有创造性思想的一位哲学家。这是我和王先生不很多的交往中有深切的体会的。

同在一个研究组，为什么说"交往不很多"？还是因为那个"老先生"的界限当时是实实在在的，虽不是"不可逾越"，也是相当固定的。

当然，毕竟有一些机会可以常常接触的。

譬如，我们这个组在"三面红旗"飘扬的时期，曾到河南七里营人民公社半日劳动锻炼，半日学习马列著作，在那里一住三个月；更不用说那当时并无定期的干校劳动了。这些都是我能够向包括王先生在内的"老先生"学习讨教的机会，当然，学习和交谈的方式要"多样"而"隐蔽"一点，被发现出来，就是不很小的问题。

终于盼到了可以公开谈论学术问题的时候了。改革开放初期，我们西方哲学史研究室——那时已经改成"室"了——有一次盛会，规模很小，除商务的高崧和兰州大学一位进修同志外，全是室内的研究人员，之所以说是"盛会"，是因为那是全室同志都参加的难得的一次聚会。我们住在承德避暑山庄，因为什么关系，我们还住进了园子里面，连晚上都可以游园，那景色的确是幽静而带有皇家气派，在那里坐而论道，使得我们这些"老—小"先生——那时我也可以称作"小先生"了——真的得其所哉。那一个星期，几乎每天晚上都要和王先生聊天，在聊天中也经常谈到学术，使我进一步认识到王先生学问的力度。我感觉到，他不仅哲学史的知识渊博，根基扎实，而且思维非常敏捷，理解力极高，并很有自己的见解，怪不得贺先生有一次谈到翻译时，说了一句，"讲到哲学嘛，还是玖兴好"，因为我很认同这句话，就记住了。这几天，我又常常想起贺先生的话，因为辈分小，我不敢到住在隔壁的贺先生那里再次表示我的认同，只是加深了这个记忆。

所以我一直认为王先生没有一部自己的哲学专著留给我们，是王先生自己的遗憾，更是我们后辈的遗憾。

当然，以王先生这样的学养和思想的理解力做古典哲学的翻译工作，成绩之优异，是在意料之中的。

翻译工作的种种学养——上面说了三种，要在极高的层次上统统具备，已属不易，但尚不能说后无来者，只是上有一个条件，大概后来者就难以"克隆"了，那就是"时间"。

不错，在那个时期，"先生"无论"老"、"小"，都有各种"运动"使之不能做业务工作，但一旦做起来，除非搞"大批判"，那是"紧迫"得很。好在既然称作"先生"，这些任务就不大容易派到头上，而一般的学术业务工作，倒也不像现在那样赶任务、抢时间；那时似乎有"无尽"的时间可以用，工作可以"精雕细刻"。王先生是这方面的典范，雅号"久磨"，当时是开玩笑的谑称，不无"拖拉"之责，但是更多是"慢工出细活"的意思，所以王先生也"笑纳"不怪；如今想来，这样一种"十年磨一剑"的"久磨"精神，是不大容易培养出来了，因为缺乏了那样的条件。现在项目立项，按时交卷，更有那社会之种种名利诱惑，遂使那聪明才智之士，都去搞那"短平快"的工作去了，王先生那"久磨"精神，失去"滋养"的土壤，所以我感到前面那三个条件——外语好、中文好，专业也好，当然会有后来人，只是那最后这个条件，有点不可再复了。

但愿我这是"杞人忧天"。

说到王先生的《文集》，其中有些文章我是知道的，这次主要阅读了早年以及后来的讲演稿子。特别是在1945、1946年，王先生只是30岁左右的年轻人，就已经显示出他的思想之清晰，逻辑之严密，语言之严谨而流畅，难怪当时就受到金岳霖、冯友兰这样的哲学大家的赏识。这些大师们的眼光是很严格的，我常想，在学问上，金先生认为好的，大概总是好的，因为太严格，他认为不好的，也许并不那么不好。王先生有一次跟我说，金先生有恩于他，但金先生过世后，他一篇文章也没有写，很遗憾。

人生常有遗憾的事情。对于王玖兴先生，我感到最为遗憾的，是他没有为我们留下他系统的哲学思想，他是有的，可惜他带走了。

2004 年 11 月 28 日

《虞愚自写诗卷》读后

　　我与虞愚先生同事，不过他来哲学研究所晚，专业不同，又是前辈学者，所以接触甚少。只是在所内一次聚会时，备有笔墨宣纸，我刚要写字，虞先生走过来，一旁含笑。我则不由得紧张起来。因为我知道虞先生是大书家，我解嘲地说了句"班门弄斧"，那天字就写得格外难看。

　　虞先生的书法，我出差南方时早已有所了解。记得在福建时，所到之处，常能见到他的字迹，特别是厦门，不论古刹庙寺，大街小巷，虞先生的匾额对联，随处可见。观赏之余，觉得书家应像虞先生那样，以书写为乐，故字迹得广为流传。从流传之广泛，又见出书家本是文人学士，品格自就高洁，更不挟技傲世，不孤芳自赏，就会拥有大众的欣赏。如果沦为待价而沽，甚或非高价不沽，则在读书人看来，品格就低下了。

　　虞先生专治佛学因明，学理分殊，我是外行，不敢置一词。今蒙赠送《虞愚自写诗卷》一册，展卷阅读，才知虞先生原是才情横溢、语出感人的诗家。这本《自写诗卷》，可谓诗书双绝。

我不会作诗，略知格律，只对于思想的境界，有一些感受。我觉得虞先生在这方面的品格也是很高的，而这样的诗品，今人已不多见。

自书诗开卷是一首恬静、淡雅的小品，将虞先生清静淡泊的气质勾画了出来，读起来有点像王维的格调。而通过窗棂看世界，虽有一鹊噪鸣，但却仍淡雅得可爱。当然，虞先生高雅的诗怀，并非不问世事。他的诗集中相当多的是吟诵抗击侵略事迹的。其中一首描述日本侵略军攻占赣州，先生随厦门大学疏散时之情景，尤为感人。其"冻雨沉兵气，擎弓湿羽翰"句，有千钧之力，又有稼轩的气势。想后人每读此诗，当能体会到先生当时沉重之心情。如不是深入生活而又工于诗史，断写不出这样的诗句来。

诗贵清新。读虞先生的诗，不仅觉得他的诗有传授，有来历，而且有独创。《寄林逸君》谓"照我定情是此月，照我别离亦此月，任他天上各团圆，照到人间总有缺"，用东坡词意，但另加铸造，心意悠远，而情思绵绵，实是融通古今的佳句。

这本诗集中，我特别喜欢虞先生吟鲁迅的那一首。鲁迅一代文豪，歌颂他的文章、诗词不少，而虞先生这首《参观厦大鲁迅纪念馆》做得实在非常凝重，显出了鲁迅在人们（包括虞先生）心中的分量。"先生文章星之斗，嬉笑怒骂笔在手"，勾出鲁迅先生作家本色及地位。紧接"南来讲学鹭江滨，一时豪彦齐低首"，是何等的气派！后句"须眉想象尚凛然，如在其上其左右"，又是表达了何等的景仰、崇拜的心情！

再论虞先生的书法，可谓学有渊源而又自成一家。其书风外柔内刚，在婀娜的姿态中有股冲力。初看起来秀媚中有点怪，再看时则又觉得笔笔都有来历。窃以为虞先生字结体、用笔得自米芾、黄庭坚，而布白恰似杨凝式、董其昌，于疏落中见连贯。是文人的字、学者的字、诗人的字，也是书家的字。虞先生把书法的风格与诗的品质凝为一体，达到了很高的境界。

我总觉得，作诗、写字原本是很高雅的事，非不得已不以此作稻粱谋。把艺术创作纳入市场经济，也是不得已的事，如果作为定则，则必将影响艺术品的质量。艺术创作，就"创作""创造"言，就像蚕吐丝，无论能不能卖钱，都是要做的。我想一切创造性的学术、文化、艺术的事，都应是不计报酬的，不是加工订货，就"创造性"言，不订合同，做出来了再看。如果有幸，卖几个钱糊口；更有幸运者，发点小财，只是结果而不是动因。可能，多数竟卖不出钱，以至穷困潦倒。"创造者"固不是喜欢穷困，只是"不计较"富贵穷通。所谓"不计较"大概就是康德那个常受批评的"无利害关系"（disinterested）。"不关心"，也就是"不计较"，原是具体有所指的，只是说"不关心"、"不计较"眼下实际功利。艺术创作就其"创造性"而言，不是"工具"、"手段"，实际上，想以艺术的"创造性"来"发财"，总是不太靠得住的。

从介绍来看，虞先生很年轻时就是才子，能诗善书，后来研究佛学因明，卓有成就，但从其诗、书来看，始终有一种"不计较"的高雅、散淡的态度，实在是很难得的。因为聪明才智有多种的用法，用以发财致富的，如果手段正当高明，自也应予以表扬；而用于诗书文化的，同样也会受到健康的社会的肯定。我们现在纪念、缅怀虞愚先生，也说明了这一点。

（原载《进学昌诗翰墨香——纪念虞愚先生》，

甘肃人民出版社 1996 年 3 月版）

答郑培凯

培凯：

新作《吹笛到天明》收到多日，只读了"北京夕照寺"一篇，因为这个地方有一位做克尔凯郭尔的同事住在那里，我去过，而北京地铁十号线又有一站就叫"金台夕照"，两处相距甚远，我想看看你怎么说的，还想下次你来京，约你到这个同事家聊聊，她是少有的懂丹麦文做这个题目的专家。

不想前几天上海陆灏来信，说他也得到你这本书，第一篇是说我的，赶忙重读，果然是的，尽管你没有点出名字，陆灏认出来了，我自己也认出来了。我一直纳闷，你写了那么多随笔，为什么一篇跟我有关的也没有？现在有了，而且放在首篇，感谢你的情意啦！

你说到的这次小聚，多年前当我还写些随笔散文时也提到过，只是我的重点在那次的"辩论"，你这次的重点则在"酒"。就生活来说，"酒"的境界当更亲近些。

酒对我来说，包括你在内的一些美国的朋友都是我的

"启蒙"老师，尤其是红酒。除了那瓶东欧酒是我建议买的外，其他的我都是你买什么我就喝什么，我是"跟随者"或者是"被启蒙者"。

可以告慰的，我回北京以后，慢慢地也支撑了一个很小的"酒事"圈子，曾经有过一阵子"周末红酒会"；而且我居然也成为"启蒙者"，很有成效地"启蒙"了一位小酒友，是我的一位老同事的第三代，大学学法语，说不习惯喝干红，我说学法语不爱喝红酒差点事啦。这句话促使这位小友现在快成品酒师了，不但对于葡萄品种、酿造过程甚至市场营销都很有知识，更难得味觉极其敏锐，抿一口甚至闻一下就能说出是何种葡萄酿制，再验证标签，绝无差错。这样，我这个"蒙师"，就成了"蒙世"了。索性，如今一切"酒事"都"托付"给这位小友了，就像当年"托付"给你（们）一样。

年纪大了，许多事情不能自己做了，都要"托出去"，似乎也就是胡塞尔说的"扩出去"，让它"存疑"，反正"我""不管"了。其实，现在人的一生绝大部分的事是要"托出去"的。衣食住行，不"托"给他人是不大容易存活的，因为不自己做衣服，不自己种粮食蔬菜，不自己盖房子，也不自己制造汽车，样样都要"靠"他人，于是只能相信他人会善待自己。我的那位小友对选酒是认真的，性价比会考虑周到，尽可能买到价廉物美的。

你感觉到吗，人越到老年，"托出去"的事情就越多。不光是"酒事"，"学问"的事，也要"托出去"了。许多艰难的事情不能做了，"托付"给朋友——也是小友们去做了。我的学生们做得比我好，我就很高兴，就像把"酒事""托付"给那位小友那样放心、高兴。

等到什么事情都"托出去"了，老人就像儿童一样进了"托儿所—托老所"。老人越来越多，"社会"这个大"托老所"的负担就越来越重了。如何解决这个问题，对我来说，当然也只能"托付"给他人了。

秀山

2011 年 4 月 28 日于北京

岁末的思念

甲申岁末，又是一年将尽，春节，对于中国人来说，最是思念的时候。

这一年，台湾的事情让人担心，对比香港、澳门，思念台湾的故交新知，又是最中之最。

我在台湾无亲无故，思念的是哲学界的同行朋友们。

说起来，我跟台湾哲学家们的交往时间也不是很久，算来也就是十多年的时间，不过也很奇怪，十多年前的初次见面，却好像是似曾相识，并无多少隔阂。

记得1990年香港盛会讨论"安身立命"，第一次见到台湾和海外的许多哲学学者，彼此都很亲切，就连那惯常喜好骂人的新儒家大儒牟宗三老先生，学问深入坚实，令人钦佩，至于嬉笑怒骂，也就且自由他了。

会上得识在美国任教的傅伟勋和唐力权二位。傅先生性情直率，说起他原本研究西方哲学，因他在美国教宗教学，访问大陆，总以宗教界人士接待，不很全面，我说下次再来，我想我们哲学所会欢迎他来演讲西方哲学的题目。不幸傅先生回美国后来得病故去，此话落了空；而唐力权先生却真的应哲学所之约，来京做了哲学的演讲，他还在大陆结识了一些青年学者，帮他编辑出版了《场与有》集刊，至今仍在继续，在学界颇有影响。1998年社科院率团参加在波士顿举行的那次世界哲学大会，先经过唐先生所在的美田大学，参加他主持的学术会议，唐先生可谓哲学所的老朋友了。

那次会上我遇到台湾辅仁大学当时文学院院长、副校长张振东先生，他是在教的，但我们似乎真的一见如故，好像认识了多年似的；他大概也有同感，以至于后来他主持我在辅仁大学演讲时竟说他和我多年经常一起开会等等，其实1990年香港的会上，我们是第一次见面。当然我不会去"纠正"这个美好的"错觉"，这是一种"缘分"的见证。

另一次哲学盛会是1993年在台北举行的，那也是我第一次去这个宝岛。说起来也很荣幸，我参加由我们所领头的这个学术交流团，据说是那个时候人文学科为两岸交流组织的人数最多、会议规模最大的一个团队，我们这里参加的除我所人员外，尚有北大、复旦以及外地大学的一些教授；台湾则由《联合报》当时董事长王惕吾先生出面，邀请台湾各大学哲学教授，开幕时可谓济济一堂，以后的会议当中，我大

叶秀山会议照片

概见到了当时台湾的绝大多数的哲学工作者。

这是一次很像样的学术会议，在学术上大家很坦率，也有争论，但在我印象中没有什么"敏感话题"。牟宗三先生没有到会，但我们研究所派人去拜访了他老先生。

通过这次会议，我对于台湾同行的学术情况，有了比较全面的了解，毕竟隔绝了几十年，我想他们对我们也有个了解过程。在会下，我常听到的一句话是"没有想到，大陆还有一批你们这样的人"，其实我们也有相同的感觉，一旦隔阂打通，最初的感觉就是这样。

　　我常年来对台湾的印象是拿旧上海去套——我生长在上海，对于那种灯红酒绿、纸醉金迷的生活很反感，多年在北京生活，觉得北京的文化气息厚重，现在我的上海同乡经常告诉我，我那个印象也是不全面的，他们挖掘了旧上海的许多好处，我对不上号，慢慢学习。

　　台北不很像过去的上海，我在1996年再度去台北，并住了两个多月后，更加重了这个印象：台北比上海更传统。

　　说到1996年在台北的两个月，那真是一段美好的回忆。

　　那是香港回归的前一年，我绕道香港办理去台湾的手续，找那大楼找得一肚子气，而一到台北机场，气氛马上变得亲切起来，我被安排在台湾师范大学学人招待所，一住一个多月，跟那里的服务员们都熟了，因为招待所客人没有像我那样住这么长时间的。那些日子，我就像在北京一样，上午工作，下午出外转转，只是比在北京时多带一把雨伞，因为台北的气候说下雨就下雨，带着伞有备无患。就这样我几乎走遍了师大附近的大街小巷，那时候我甚至觉得，我对台北的路，要比对上海的路熟悉，因为离开上海50多年，偶尔回去，也是来去匆匆，不大分得出东南西北了。

　　台师大对面有一批小饭铺，价廉物美，几次试验以后，我认定了一家叫"林家粗饭"的。林老板40多岁，他家的梅菜烧肉可谓一绝，不过不久赶上台湾闹口蹄疫，改吃鸡。正巧李泽厚在台湾中研院访问，他认为可以不必顾虑，于是提前开禁，继续吃梅菜烧肉。后来回到北京，聚餐时有时也要这个菜，但都没有林老板做得好。

说到吃，还有一件事情。我在台师大住了些时日了，辅仁丁原植先生来访，他说在台北，别处饭馆可以不去，不可不去"鼎泰丰"，就在师大后面那条街上，那次他拉着他的毕业了的学生请我一起去了那里。

只见这家饭店门面不大，三层楼房，门口已经很多人在排队，我觉得太费时间等候了，丁先生说，他这里快。果然拿了号，不到十分钟，就有桌子腾了出来。我们要了蟹黄包、鸡汤等小吃。我还是小时候在上海吃过蟹黄包，后来一直未曾再尝，这次品尝的体验，不是文字所能表达的，那是一种艺术的享受，回北京后念念不忘要找回这种感觉，可惜至今尚未如愿。

说也很巧，去年年底，我东直门外住家的隔壁，居然这家"鼎泰丰"餐厅首次在大陆开张，媒体加以宣传，咫尺之远，兴奋之余，率二三子去"寻根"。不想服务小姐大多不知有"蟹黄包"之说，该店只有"蟹粉包"，或谓未到季节，以待今秋，或可"寻"到这个"根"，得其仿佛，也就满意了。

饮食事小，学问事大；学人关心学术，当也关心养育学问的社会。

中国的学问，春秋以来，或分或合，万变不离其宗；这个"宗"又有"海"那样的容量，使百川合流，合万种支脉以充实这个"宗"。中华民族这个"归宗"精神，正是一种深刻的"哲学精神"——"哲学"乃是"发源"和"汇合"诸种学术的一个"源泉"和"归宿"，乃是"精神"的"家园"，乃是"出自此复归于此"的"始基—arche"。

这样的一个"大宗"，需要一个和谐的"大社会"来养育和支持。

"宗"中所含"支脉"，越多越丰富，越显其大，"大海不捐细流"，"自己"能包容、消化"异己"方能成其大，是故中国的学问，理当重视研究外来文化。我们已经有了很成功地将佛家由"异己"转化为"自己"的经验，我们也必将把"西洋哲学"这个"异己"转化为"自己"，以丰富我们"自己"的"宗"，使其更为"博大精深"。

在我接触的一些台湾学友中，很多是对于中西哲学都有很深学养的佼佼者，我很钦佩他们在那样一种环境下潜心向学的精神，因为那毕竟长期有着"灯红酒绿—纸醉金迷"诱惑的社会，不像我们几十年来在个人生活上不用自己操心那种情形；反过来，他们对于大陆学人的了解也有了新的印象。

这种双方疑惑的情形发生在20世纪90年代，是很自然的，毕竟两边学人不通消息已久；随着交往的增多，学人们也就越来越清楚，无论在实际上隔阂多久，中华学人的精神仍是一脉相承的，大家都没有离开这个"大宗"。

然而，如果没有这个"隔阂"该有多好！

我们学者，知道政治上的事情是很复杂的，但是我们也知道，政治家是要为人民大众做有利益的事情的，而不是谋私人利益的，可惜以我粗浅的社会历史知识，有一些政治家常常要利用政治做工具来谋求或维护自己的私利，以至于闹得天下不得太平，自己也只能被称作"政客"。我感到，台湾现在的主要政治人物也正面临着做"政治家"，还是做"政客"的抉择。令人不安的是，从近多年的趋势来看，台湾有些政治人物，选择了政客这条路，在"台独"的道路上越走越远，不能不引起包括学界在内的各界中华儿女的严重关切。

"政客"是历史的绊脚石，因为他们谋取的是"私利—权力"，只是他们也往往会假借民意来为自己谋取私利打掩护，来个什么"公投—公决"，实际上企图由极少部分人来控制绝大多数人。

政客既成气候，当也有"术"，但这种"术"，只能是

"小计谋";"道"无"术"不"行","术"无"道"也"行之不远",只能蒙骗于一时,也只能蒙骗少数人。

中国的传统讲的是"大道—大宗—大统","分裂"只是一时的曲折,从没有成为中国的"道—宗—统",用我们哲学的语言来说,只是一时的"现象",而决非"本质"。几千年来,炎黄子孙就生活在这个"大道—大宗—大统"的"本质—根本"之中,而那些分裂主义者总是低估了中国的这个"大道—大宗—大统"的"本质力量",以为"本质"或许只是一个"抽象的概念",不会有什么现实的力量,而只要他们"得势","概念—观念"是会"改变"的;殊不知这个"本质"正是那"力量",而且是"不受任何限制—无限—自由"的"力",而不是单纯的一个抽象概念和单纯的观念。就我们做哲学的来说,这是从古代希腊传下来的道理,更是近代从笛卡尔、康德、费希特、谢林、黑格尔到叔本华、尼采以及20世纪的胡塞尔、海德格尔等这些哲学大师们所认同的大道理。政客们忙于钻营,无暇读书,于是我们学者来教导教导他们。

不要以为这又是纸上的道理,这是真理,真理就有"现实性",就有现实的作用;因为这种真理不管政客们接受不接受,已经扎根在千千万万人的心中,如果政客们一意孤行,心中怀有"大道—大宗—大统"的千千万万人民就会弃这些政客于不顾,把他们抛到历史的垃圾堆里,他们其中闹得凶的,或可成为"反面典型""载入史册"——历史上的确不乏这样的典型,多一个少一个倒也无关大局。

"规劝"这些政客有相当的难度,因为权力所系,利害攸关;但也有"翻然悔悟—弃暗投明"的例子,故而学人们尚需继续教训他们。

我们的重心还是站在"大道—大宗—大统"一边,亦即站在千千万万人民一边,站在"本质—根本"的立场上,阐述"政客误国"的真理。

我们欢迎政治家组织、领导民众更好、更快地走向"大道—大宗—大统",而坚决揭穿政客们的阴谋诡计。这些"台独"主义的政客们,已经表演得够多的了,这些表演,只能更加加深了我们一个信念:政客必定误国。

2005 年 1 月 10 日,岁次甲申小寒

哲思中的艺术

一、我的"艺术生涯"

我非从艺者，自无"艺术生涯"可言，只是说到与艺术的渊源，是一种"业余生涯"而已。

我小学和中学都是在上海读的，因祖父过世得早，父亲虽未经过正式学校教育，但是对于小孩子的读书，倒也有比较严格的要求；他自己喜好京剧和书画，所以我从小就常跟着父母上剧场看戏，平时也常听父亲评点书画，不用说，写字临帖，也是我每天必做的功课，尽管那时上海的学校，已经不很重视书法这种教育了。

小孩子随大人看戏，也不过是一种游戏而已；但是世事的变迁，提供了一种机会，使我和京剧有了更直接的联系。

1950、1951年，上海解放初期，新的社会秩序正在建立过程中，头顶时有美国飞机轰炸，晚间常有防空灯火管制，影响到剧场不能正常演出，促进了业余票房的发展，其中有著名演员陈大濩的濩声，还有著名票友和剧评家苏少卿和他的师弟郭圣与办的两家，大概还有一些我不知道的。我在父亲支持下，参加了一期濩声票房的活动，跟陈先生学了一出票友入门戏《二进宫》。记得当时名演员魏莲芳和名琴师赵济羹都在那里活动过。我跟郭先生学胡琴，但他觉得我嗓子还可以，也教我唱《武家坡》，好像没有学完就辍学了。见过苏少卿先生一次，后来先生进京入戏曲研究院当研究员，住家离我很近，倒是时常拜访了。

1952 年我来北京上大学，那是新中国成立后院系调整后的第一年，学校有一番新气象，不久学生会成立各类文艺社团，我参加了京剧社的组建工作，后来一直参加这个社的活动。

解放初始，万象更新，演艺界也有种种新措施。据说当年新成立的中国京剧院面向大众，有两个重点辅导单位，一个是石景山钢铁厂，一个就是北京大学。所以一阵子我们这个社在中京院指导下，排练了新编历史剧《猎虎记》，名演员叶盛长时常驾摩托车来北大指导，名导樊放也来做过演讲。

我在上海只学过唱，不会身段，也不懂武场上的锣鼓经，再加上一度封了我一个社长之职，不好意思争角，所以除了在《将相和》里演过虞卿算个角色外，大都演些小角色，记得还演过丑角。要想弄个好角色过瘾，抓住了一次举办化装舞会的机会，我借来三国演义里的刘关张和诸葛亮的服装，抢了一套孔明的羽扇纶巾扮了起来，不想又被一位同学扒了下来，连一张剧照也没有留下。

就在此期间，我认识了大演员奚啸伯先生。那是一次奚先生在北大演出后，一些戏迷学生追到后台等识庐山真面目，奚先生真心喜欢我们这批青年学子，居然相约去他家里，那时他住在东四九条；从此我们一些人就常去他家，其中他老先生最为垂爱的一位女生，那时是我的对象，后来成了我的妻子，算来已是50多年前的事情了。奚先生早已故去，没有看到后来振兴京剧的繁荣景象，是我们这些晚辈最感遗憾的事情了！

说到书法，虽然我从小在父亲督促下经常练习，但是长进却很慢，时常因写得不如在一起的表姐而惹得父亲生气，到北京入大学后，更是管束无人，练习不再了；到了20世纪60年代初期，我参加编写当时的高等教材《美学概论》，因集中住在当时的高级党校，空余时就拿旧报纸来练字，既不认真，也不持恒，并无成效可言。

说来奇怪，反倒是在"文革"期间，有较多的时间认真练字。那时举国上下专攻政治运动，满街的大字报需要毛笔书写，"书法"反倒"大行其道"；加上毛主席他老人家雅好书法，以毛笔书写毛主席诗词，工军宣队皆不能反对。于是我在明里抄写大字报和毛主席诗词和语录，暗里就找旧字帖来练书法，因其用心专一，珍惜时间，而稍有进步了。这个长进，大概给在"文革"中身心俱惫的父亲有了一点慰藉，特别是"文革"后期稍有松动时，他以极其菲薄的收入从上海旧书店购得不少古旧碑帖拓片，现在都是弥足珍藏的精品了。

总之，我的书法，完全没有专业的老师教导，没有"幼功"。小时候，除了父亲以外，就是我有一位写得一手好字的姨夫，不过他也只是说一些体会，没有技术上的指导。记得"文革"期间，杨向奎老师托他夫人尚树芝老师传话，既然喜欢练字，应该找一位老师；但我终未拜师。我觉得，写好字原是书生本色，而且历代古人典范多多，照本临习足矣；再说那时也并没有"书法博士点"，可谓投靠无门的，于是只能走"自学（成才）"的道路。于是乎由着性子乱临一气，真草隶篆齐上阵，苏黄米蔡全都来，今日《圣教》，明日就可能《家庙》了。不过逐渐地也有了一点"倾向"，我的笔性柔弱，容易喜欢赵子昂、文徵明这类的风格，自觉需要"纠偏"，经常练习的反倒是北魏诸碑和欧阳询、欧阳通的碑，最近常临的是《泉男生墓志》，因为字小省纸，笔力遒劲。

改革开放后，渐渐地也有人知道我会写点字，就来求索，有的居然也印了出来，挂了出来，只是我是很有自知之明的。我书房墙上，挂着一幅文徵明89岁写的《兰亭序》，是学生送的很好的复印本，我经常对着它读文看字，也能看出文老先生有些笔力不到之处，甚至有"我要写，这一笔会更好些"这种狂妄的想法，等到真的写好一幅放在那里一比，优劣立时间非常明显地分出来了，于是又从狂妄跌落到自卑了。于是明白一个道理：优劣不在一点一划，而在整体水平，要想在整体水平上超出古人，在现时间的条件下，或许不很可能了。

这样，我对这两门艺术，无论京剧还是书法，也都只是"业余"水平，作为"自娱"尚可，而不足以"娱人"的。当然，京剧是一门很专业的艺术，虽不乏票友下海成大器者，但一般都经过严格的训练的。唯书法的专业性不很强，过去读书人常能写一手好字，不以鬻字为生，润格、润笔也都是聊以酬谢，高雅事也。新中国成立前已有人以此为专业，但也随解放而淡化，而此风唯20世纪八九十年代为盛，时代之变迁也。好在这些都与我这个"业余"者关系不大，时尚且自由它。热闹时沾点时髦之光，冷落时留点孤芳足以自赏，最是不计荣衰的了。

二、我对艺术的理论兴趣

我很满足于我的艺术修养在业余水平，不是不求精进，而是别有旨趣在。我的兴趣是在理论的，这是我的专业所在。从一开始，我就没有志趣去当演员，或者当书法家，尽管起初我也不很懂得"哲学"到底是怎么回事，但我总是想把"艺术"和"哲学"结合起来，所以我一个时期很着迷于"美学"。

不错，"美学"和"哲学"、"艺术"都有很密切的关系，这是没有疑问的；只是做法也有不同的侧重之处，有的侧重在艺术，也有侧重在哲学的，各有千秋；我一开始的侧重点全在艺术方面，认为必先成为艺术的"内行"才有资格谈美学，不大赞成"身无一技之长"而奢谈艺术，所以我在五六十年代的文章，有的还很"专业"。尽管我在艺术实践方面是"外行"，也不愿意成为"内行"，但是在"知识"上，我总想要努力成为"内行"才好。至少要避免"外行看热闹"之讥，力求"（内行）看门道"。

首先我要了解京剧乃至中国戏剧发展的历史，买了许多书来阅读；其次是剧团（戏班）的组织结构、服装道具、行头脸谱、文武场面，等等，我都尽力收集了一些资料；不过我的侧重点还是在演唱方面，对于京剧语音、唱法以及演唱的流派等等，我了解得比较细节一点，所以我的第一本关于京剧的书，名叫《京剧流派欣赏》，说的是演唱风格问题；其实除这本书外，我还写过几篇关于京剧音韵的文章，在那时候的《戏曲音乐》杂志登过，可惜这几篇文章找不到了。当然，现在来看，那是一些很边沿的问题，无关京剧艺术的本质，只是当时还是很认真、很有兴趣地做的，为此买了元朝周德清的《中原音韵》时常翻阅，想弄清京剧语音的来龙去脉，这事我已在《古中国的歌》里交代过了。像我这样的没有语言学、训诂学训练的人，也只是"外行—票友"的奢谈而已。

对于书法艺术的写作，我开始得比较晚，"文革"前我大概只发表过一篇短文，那时我在艺术上的"主攻"方面是京剧，只是"文革"中京剧成了大大的禁区，所以"主攻"转移为书法了；只是"文革"前的那篇短文，倒是涉及了一些颇有意思的问题，亡友吴战垒写信告诉我，夏承焘先生表扬这篇文章，那时战垒正跟夏先生在读书。

我做那些专业性、细节性的工作，并不打算成为那方面的专家，而是为了美学理论有一个坚实的实践基础，我的主要工作兴趣还在理论性上，这从我早年一些戏曲文章中也可以看出来，我好（去声）发表议论。

这里顺便提到我的第一篇关于京剧的文章。那是一篇剧评，是我看了一出新编戏《晴雯撕扇》后的感想，我还记得大体内容是说京剧人物太"脸谱化—类型化"了，"个性"不突出等等。文章寄给了一位当时在上海当文艺编辑的一位大朋友，他说有点见解，推荐给《新民晚报》，不久登了出来。因为没有署名，而稿纸用的是北京大学的，编辑为省事就用了"北大"这个名字，我收到过寄来的报纸，但是丢失了，前几年托朋友查找不得，也就作罢，反正是少年习作，不足挂齿了。

只是"共性"和"个性"问题，始终是我对于戏剧—京剧思考的一个要点，这也是我后来写那篇《论话剧的哲理性》和《中国戏曲美学问题（研究提纲）》的契机之一。

《论话剧的哲理性》是我开始自觉地把一个具体艺术部类和哲学问题结合起来思考的初步尝试，其中以康德、黑格尔的哲学美学和席勒美学作为参考系，无非是将艺术分为象征的、古典的和浪漫的三大风格，然后再按照我理解的中国戏曲的特点，对号入座，做一些阐述。这样的做法，当时还是很新鲜的，因为那时候，做哲学的——特别是做西方哲学的不会做中国戏曲，做中国戏曲的，也很少涉猎西方哲学的问题。我这样做，当然也有人重视的，所以《文汇报》以整版的篇幅发表了此文，不想差一点成了靶子，因为那时候已是"文革"的酝酿时期，山雨欲来风满楼，只是一时因为读不懂那文章，先记上了一笔，且听下回分解了。

不想这下一回却真的授人以柄了。接着我写了一个研究中国戏曲美学的提纲，先打印了出来征求意见，这篇没有发表的文章做了前面那篇哲学性较强的文章的注解，不好懂的地方变得好懂起来，主要意思凸现出来了，原来就是说中国戏曲属于古典风格，各种艺术因素和而不同地综合在一起，个性不很张扬，而共性—类型性—典型性比较突出。再引申出来的意思当是就有点大逆不道了：我认为，比较而言，中国戏曲更适合表现古代生活，而话剧则更容易表现现代生活。这层浅显的意思在《论话剧的哲理性》里是隐藏在一些同样浅显的哲理后面的，虽然也说了，不容易引起做戏曲的注意，而做哲学的，则因为问题太小而不会去注意。但《中国戏曲美学问题（研究提纲）》对于做戏曲的就一目了然了，而那时正是"京剧现代戏会演"时期，也就是"京剧革命"的准备时期。

批判文章已经排成校样，眼看即将见报，不知为什么这篇批判文章《文汇报》没有发表，把校样寄给我要我参考，其中原因至今未得其详。一种可能是我不是什么"人物"，不在"目标"之内，为避免分散战斗力，就让我溜掉了；还有一种可能是上海现代戏会演时后来"文革"中很红的一位大领导在开幕式致词中说到"固然在表现现代生活上话剧要方便些，但是京剧"也要怎样怎样，我注意到后来以文件形式出版时这个意思删掉了，但是作为新闻报道稿子中是印得有的，我在报纸头条中读到的，是不是这句话"保护"了一下？反正现在也不必弄清楚了，对我只是一场虚惊。

我的那篇研究提纲原想给我所的《哲学研究》杂志发表，也是校样已经排出了，被我所当时负责人好心压下，一直到"四人帮"倒台以后才在上海一个文艺集刊上发表；倒是那篇批判文章，只是我手中存有那份校样，就不必再见天日了。

实在说起来，那篇研究提纲的学术水平是相当差的，一方面理论和实际之间很多地方生搬硬套，完全没有消化；另一方面，立论也过于片面，把复杂的现象说得过于简单，总想用黑格尔那三个艺术风格去套，连"个性－共性"也成了一些框框，后来已经有朋友善意提出，我自己也是承认的。

相比起来，那篇相同类型的论中国书法艺术的文章就稍好一些，尽管那文章还是在"文革"的一种特殊环境下草拟成的。我曾经在文章中提到过打草稿的情形。

那的确是一个值得记住的时期。除了主动或被动"斗争"的对象外，大多数人都进入过一个从轰轰烈烈到无所事事再到万念俱灰再到心平气和的过程，在"五七干校"中"究天人之际"："天—运动"归运动，"我—人"管好"自己"的事。我那篇论书法的文章就是在"天天读"的"覆盖"下偷偷用小纸片打好草稿，回城后贴在大稿纸上修改成的。由于用心"专一"，写得还是比较一气呵成；再说，比起那篇戏曲美学研究提纲来，又有几年过去，思想总是会更清楚些，所以这篇文章受到朋友的表扬。

就我个人来说，"文革"以后一个时期，在这两门艺术中，我似乎更加注意的是书法艺术，其间出版两本小书，一是《古中国的歌》，一是《书法美学引论》，前者实际是20世纪60年代的旧稿修改而成，后者则是新写的。比较起来，我自己当然觉得后者要好一些，前者还拘泥于一些太细节的问题，后者则大体有一个理论的思路。

当然戏曲方面也应朋友之约做过一些文章，其中特别是那几年梅兰芳、周信芳百年诞辰，在上海的纪念会我没有参加，只提供了一篇纪念文章，但在北京开的筹备会我去了，见到我五六十年代心仪已久的老专家和老领导，可惜张庚因为身体原因没有去；我曾经拿着《论话剧的哲理性》一文的校样登门请教过他，他很热情，是个学者型的领导。

为这个纪念会我写了一篇论梅兰芳表演艺术的古典风格的文章，登在《哲学研究》杂志上，梅兰芳之嗣绍武先生很喜欢，不幸他也故去了。这篇文章，虽然仍承过去思路之脉络，但是在理论上还是努力做得深入一些，比以前《京剧流派欣赏》中收的谈梅派的文章好些了。

事情就是这样复杂，读自己早年的文章时常因为那时的幼稚和错误而汗颜，但也有一种"青春不再"的惋惜，有些文章现在叫我写也写不出来了，天时地利人和都不同了，由此会产生一点留恋；但是做学问还是要有冷静科学的头脑，所以我倒是大体不愿意"回忆—回顾"的，有时甚至告诫自己要面向未来。我相信未来才是真实的存在，包括了过去和现在。我们现在做事为什么不能把年轻时的活力和经验学问的积累结合起来呢？这两者真的是那样誓不两立的吗？

所幸我的"专业"是"哲学"，而"哲学"正是一门教导人在"经验学问"中如何保持"创造—活力"的学问。于是我对于"哲学"和"艺术"的关系也有一种体会，说出来请大家批评。

三、从"艺术"到"哲学"和从"哲学"到"艺术"

这个体会，简单说来，就是：我过去是想走从艺术到哲学的路，最近几十年则想走从哲学到艺术的路。这两条路，虽说可能有异途同归的结果，目标可能都是"美学"，但是走起来却有很大的不同，其中或许可以说各有利弊。

五六十年代，我在美学方面的工作主要是想通过对一个或几个艺术部类的内部的探索和把握，"总结"出一套"规律"来，将它们"上升"到"哲学"的高度，那当然也就是美学的理论了，在这种思想支配下，就有了上述种种工作结果。或许由于我毕竟是学哲学的，我"总结"出来的那些"规律"——实际只能是一些"意见—看法"，有些居然也有些一得之见，但我又毕竟不是做艺术的，这些成果在真正的艺术家—艺术理论家看来，仍然是"外行"。

问题当然不在于和谁争一日之长，问题在于从总结经验入手，要想把"经验积累"到"哲学"的高度，这条道路对于一般人来说，是过于长了，也就是说，从单纯总结经验来把"经验"提高，其"高度"往往是不够的，勉强"拔高"，甚至会出现"乱扣帽子"、"套用""哲学范畴"之类的毛病，譬如把中国文字具有某种"象形"性而比附到艺术对现实的

"反映—模仿"上去,把中国戏曲表演里的某些"程式"化的动作,作为"艺术源于生活又高于生活"的范例来理解,等等。

并不是说"总结经验"要不得,"总结经验"对于指导实际的工作——包括艺术的工作在内是不可或缺、非常重要的,这样总结出来的经验理论,对于实践的帮助是非常宝贵的;只是说,"哲学"的工作不止于此,或者说,哲学的工作和一般的经验总结工作,或一般的理论工作是不同的。哲学的理论,不同于一般的经验的理论。

什么是哲学的理论工作,这几年我有几篇文章讨论过了,那是我学习哲学史的体会;在这里,我从自身做美学的实际途径的转变体会出来的一点,就是真要作哲学性的美学研究,还得从哲学的源头抓起。

美学在近代,原本是哲学的一个分支,一般认为这门学问是德国鲍姆加登建立的,而批判这个哲学体系的康德,也是把美学—审美作为他的三大批判的最后一个——《判断力批判》中一个部分处理的,是他的整个"批判哲学"的一个部分,因而我们也必须从他的整个"批判哲学"的精神,去理解他的《判断力批判》,而不是断章取义地光摘取他的某些关于"审美"、"艺术"的论断,随意套用。

　　五六十年代，我读康德、黑格尔的书，重点在《判断力批判》和《美学讲演录》，对于康德的《纯粹理性批判》和黑格尔的大小《逻辑学》没有耐心认真阅读，实在是一种急功近利或者短视的兴趣主义态度在作怪。逐渐地我发现，就读书来说，如果不认真阅读康德的《纯粹理性批判》就很难读懂他的《判断力批判》；如果不认真读黑格尔的《精神现象学》、《逻辑学》，也就只能在枝节上了解黑格尔的《美学》。

　　哲学家是把"艺术"（现象）放在了他的总体的哲学理路中来思考的，在有"体系"的哲学家那里，他给"艺术"在他的"体系"中安顿好一个"位置"，如黑格尔那样；更晚近的一些哲学家，或许没有或自称没有"体系"，则对于"艺术"的思考，也和他自己的哲学思考紧密相连，如海德格尔、德里达、莱维纳斯等。海德格尔的《论艺术的本源》，把"艺术"与他的"存在－Sein"联系起来，成为"Sein"的显现方式，自然也融合于他的哲学思考之中，或者说，是从他的"Sein－Dasein"的角度来理解"艺术"，从而有能力—能够"揭示""艺术"的"存在论的－ontological""意义"，而对于他弄错了凡·高所画那双《鞋子》的实际经验世界的意义，自可忽略不计，犹如尼采弄错了古代希腊某些神祇而不妨碍他的"酒神－日神"精神的意义一样。"哲学"的"意义"另有所指。

这意思并不是说，美学就没有自身独立的意义，或者只是哲学的附庸；恰恰相反，哲学在实际经验上来源于"非哲学"，这方面"后现代"诸家的工作也是有意义的。康德的《判断力批判》并不能限于把它理解为前两个"批判"的"桥梁"或"过渡环节"，好像康德感到"理论理性"和"实践理性"割裂得太厉害了，找出一个"判断力"来"缓冲"一下似的。我受康德以后谢林甚至包括费希特、黑格尔的哲学思路特别是海德格尔的思路之启发，曾说康德《判断力批判》或可是他的哲学的"基础"，"思辨理性"和"实践理性"或是从它那里"分析—解析"出来的，《判断力批判》所涉及问题是"鲜活"的，是"哲学"的"生活"之"树"，在《判断力批判》里"人"是"活生生"的，是"诗意地存在（栖居）着"。这层意思被我的一位学生拿去做博士论文，做得不错，但不容易得到认同，也是可以理解的，因为人们从前学到的《判断力批判》只是一个"过渡环节"而已，就像费希特、谢林也无非就是从康德到黑格尔的一个"过渡环节"，好像他们活着就是为了黑格尔做"铺垫"的。

其实，从经验眼光来看种种事情，往往只看出万物相关，一物总是另一物的"陪衬"，"艺术"也还是一种"工具"，只有在一个哲学的视角下，万物才都有"自身"的独立意义，"艺术"也才有"独立"的"存在"，而不仅是一个在诸多关系网中的"存在者"之一。这就是说，"艺术"此时才"自由"，因为"人"此时才"自由"；而此时"万物"也才"自由"，"万物静观皆自得"嘛。此时"自由"并非没有相互间的"关系"，"自由者"之间的"关系"正是哲学需要探讨的问题，哲学诸范畴之间的"自由"的关系，正是黑格尔《逻辑学》所研究的，也就是刚过去的世纪末法国德罗兹说的那个"活动砖块"的意思。

在这个意义上，康德《判断力批判》在其整个"批判哲学"系统中，并非仅仅有"过渡环节"的作用，而可以理解为一个基础，一个基地，其意义就后世影响来看，当不在其他两个"批判"之下。从这个角度来考察《判断力批判》，它或许是最为基本、最为原始的。

康德这个批判所涉及问题，一是审美的，一是目的论的，而前两个"批判"是一涉及思辨理论，一涉及道德律令；二者多涉及"形式"，而只有这个第三批判，更多涉及"实质"，一般它被理解为"理论理性"和"实践理性"的"统一"，而这正是费希特、谢林、黑格尔走过的路子。

康德第一批判着力于"理性—知性"为"科学知识""立

法", 而第二批判则阐述"理性"如何为"意志""立法",
而"法"都是必然的—形式的, 尽管不止于这些形式, 而要
有"合适"的内容; 但是正因为重在"形式", 康德的"科学
知识"乃是"理论知识—科学理论知识", 而实际的"经验
知识"则仍然充满了"偶然性", 虽说偶然性不是没有"原
因", 但这个"原因"只是在"结果"出现之后, 才是"可以
推断"的; 道德的立法, 则更倾向于"形式性", 绝无一点经
验之内容, 而只有设定(postulation)一个"神城—天国",
这个道德领域里的内容—实质才会出现。

　　但是在《判断力批判》里, 形式和实质内容却是"统
一"的, 是结合在一起的, 是"和谐—交融"而不是"分
离"的。这里有最为根本, 也是最高的"综合"。在这种"综
合"中, "自由"是"必然"的存在形式, 而不是相反; 偶然
之中蕴涵着必然, 而不是抽象为形式的必然性的形式; "意志
自由"也正是"自然之合目的性", 而不是"绝对命令"。如
此种种, 展示了这个"艺术"与作为"艺术—作品"的"自
然", 乃是"人"的"活生生的""生活"世界, 是最为"真
实"的"世界", 也是最为"本质"的"世界", 而不仅仅是
从"理性"这个君王那里"领得"的"封地—领地"。"人"
本"无需—不缺乏—不需要"向任何"超越者""领取"任何

"恩赏—grace"。

这个"人"的"世界"，或许就是后来胡塞尔那个"现象学的剩余者"，把抽象的"经验世界""括了出去"，"剩下"的不是一个更加抽象的纯形式的幻象，而是活生生的人的世界，不是"死"的世界，而是"活"的世界，或曰"本质"的世界。

何谓"本质"？"本质"就是"存在"。何谓"活"的？"活"的，就是"时间"，而"在""时间"中，岂非海德格尔于《存在与时间》一书中所要阐明的问题吗？于是，我们可以看到，康德《判断力批判》似乎正是蕴涵了以后哲学思想发展的契机，而这个蕴涵的意思，为后来哲学家们更加清楚地开显了出来。

康德《纯粹理性批判》所涉及的乃是"诸存在者"何以能够成为"科学知识"的"对象"，而到了《判断力批判》，问题才转向了"存在"。康德在《纯粹理性批判》里合理地否定了"存在论—本体论（ontology）"，在《判断力批判》里，又将它蕴涵了进去。

然则，康德仅将"时间"限于《纯粹理性批判》的"诸存在者"，即他的"经验之存在（ontic）"，而在《判断力批判》里则并无"时间"问题之地位，亦即康德的"时间"

观念尚未至于"本体存在论的（ontological）"，这方面的工作，海德格尔做了。

海德格尔将"时间"引进"本体—本质"对于哲学思维功莫大矣，当然，一个阶段做这项历史性、时间性工作的，尚有不少哲学家，这也是一个时代的运行思潮。

就本文主旨来说，是不是离题太远？不是的。当我将我的思考重心从艺术的细节又收回到哲学时，我对中国艺术的理解，一直比较重视"时间"的因素。中国传统艺术的本质是"时间"的，而不仅仅是"空间"的。

当然，并不是说中国艺术里就不重视"空间"，诸如"经营位置"、"间架布局"等等，都是说的"空间"方面的问题。所以我在讨论中国书法艺术文章中强调了"书法"和"绘画"这两种艺术部类的不同，同时也说到了"书法"对"绘画"的越来越加重的影响，这就是说，即使是"空间"艺术，也还尽量地加强"时间"的因素。

戏剧艺术原本是比较完整地呈现出"空间"中"时间"的"变迁"，在"空间"中"表现—表演""故事"；但是中国传统戏剧—戏曲，却努力在"舞台"的"空间"中加强着"时间"的分量，不是"时间"为"空间"服务，而是"空间"为"时间"服务，在有限的"舞台""空间"表现—表演出"不受限制—不很固定"的"时间"，也就是表现"自由"的"时间"和"时间"的"自由"："舞台空间""框不住—限不住""舞台"的"时间"。

传统戏曲论述里常讨论戏曲舞台空间"虚拟"的问题，舞台空间要由故事情节的表演来"规定"，而不全是"固定"的"规定情景"，恐怕也是来源于"时间"之"自由"性，亦即"自由"地处理"时间"的"连"和"断"的关系，一个"圆场"可以表示"千万里路程"，"空间"为"时间"服务，"空间"为了"存留""时间"，在这里体现得比较清楚了。

传统戏曲为了强调"时间"的因素，不但没有放弃音乐的成分，而且着意加以强调和发挥，对于"舞蹈"的成分，也按照这个精神处理，这样，中国传统戏剧就形成了一个歌—舞—剧大综合的艺术部类，在世界上独树一帜；而音乐和舞蹈自是"时间"性的艺术。

中国戏曲艺术这种"大综合"的特点，经过一个从"原始综合"到"古典综合"的过程。最初或许是因为演出条件简陋而自然形成的，逐渐地形成了一个自觉的创造，一个经过许多代大艺术家精心改进的成熟了的艺术特征。中国艺术家走这样一条"大综合"的道路，是和中国的艺术精神，或者更扩大开来说，和中国的传统思想精神分不开的，中国的传统，支持着这样一条艺术道路；而当这种精神在近代受到冲击时，中国传统戏曲也发生了种种危机，面临过种种责难，而在艰难的环境中，也更加突出了自己的特色，从而逐渐地找到了自己的位置。和世界上万事万物一样，一旦找到了自己的真实的位置，即这个"位置"并不是"存放—占据"了一"物"，而是"存放—占据"了一"事—时间—历史"，因此物就从"诸存在者"转换为"存在"，就不会因其"完成"而"终止"，或者被"消耗"。

作为一"物"，作为一个艺术（物）的"种类"，它的"作用—功能"会有种种不同，或者甚至因其"用处"不大而"边缘化"，甚至被"闲置"；但作为"古典—经典"的"艺术"，则"恒存"，只要"有""人"，就"有可能—能够—有能力""识得"它的"意义"；就我们的问题说，只要"有""中国人—华人"，就"有可能—能够—有能力""识得""京剧"和"书法"这类传统艺术的"意义"。反过来说，"能力"需要培养，于是培养—训练"有能力—有可能—能够""识得"这类"古典艺术"的"下一代—来者"，又是我们这一代的不可推卸的"责任"。

中国戏曲是最综合的艺术，而书法似乎又是最单纯的艺术。我在文章中说书法艺术起源于"画（划）道道"，一笔一画都意味着"有人在思"，这话也不大容易得到认同，因为书法总还离不开"汉字"；其实，在"画道道"这一层意思上，我们倒也未尝不可以同意"书画同源"的说法。绘画这门空间艺术之所以能够—有能力吸入书法之"运笔"，也说明中国人注意到了它们之间的"同源"问题，即绘画之具象性、空间性，原本是为了"存放""流动之时间"；而不像西方人那样把"文字"也理解为仅仅起源于"象形"，亦即将"时间"也"归结"为"空间"。而中国文字"象形"只是"造字"六种方法的一种，所以强调中国文字之象形性，未免以偏概全了。

当然，文字记录语言，将时间中的东西凝固为空间之东西，但中国古人在造字之初，就并不想把文字完全空间化，变成一个单纯的符号，而要努力保持其时间性，在这个意识的指导下，中国文字才走上了一条独立的艺术道路，而不像西方的文字那样，充其量只是空间美化的"美术字"。中国书法艺术之"动态"韵律，与音乐异曲同工。

在艺术领域动态韵律之突出，使中国各艺术部类在创作精神上都带有某种"表演"性，虽然并不全如戏曲那样有现场—临场的表演性。我认为，这对于艺术来说，是一个很有趣的问题，很值得进一步研究，我在过去的文章中只是提出来了，而无深入的探讨。

西方艺术理论或是强调"模仿",或是强调"灵感",认为是两种对立的理解,绘画是重在模仿的,而诗则善于抒发主观情感,当然也并非绝对地割裂开来,但是理论倾向却是分立的。在这种意识的支配下,西方绘画曾经出现过完全写实的风格,古代希腊就以画出的葡萄被鸟啄而为荣,这样的画风固然难能可贵,但是当摄影艺术出现后,就受到很大的冲击。而摄影艺术对中国传统绘画却并无多大影响,我想这和中国传统绘画原不以"模仿"实物事实为能事,而是另有旨趣在。

中国传统绘画也讲"临摹",甚至被批评为"抄袭",这当然也是一个容易犯的错误,任何方法都可以发生这样那样的偏差。不过中国传统绘画倒不是"临摹"实物,而是临摹古人的作品,而古人的"作品",已有古人的"精神""在",并非单纯的"自然"——中国绘画有"师法自然"之说,但此处"自然"又非西方作为科学对象之"自然",而是"造化",是"活生生—生气勃勃"之"自然",此意可以从上述康德《判断力批判》中"自然之合目的性"观念得之。亦即,中国传统思想中之"自然",并非康德《纯粹理性批判》所指,而是《判断力批判》中所谓,它和"自由"乃是"同一"的。

从艺术角度来看，这种临摹，也可以从"表演艺术"的特点来理解，犹如将剧本文学转化成舞台艺术，将乐谱转化成音乐演奏这类的意思，这样或许就无人会说，演奏和表演都是"抄袭"了。

其实，"读书"做学问也是同样的道理。你说"读书"之后的"写作"是不是"抄袭"？可能是，也可能不是，大多数情况下不是。

我们读古人的书，不是死记硬背，而是领会古人的意思，学习古人的精神，没有这一层功夫，你的"写作"很难有水平。为什么？因为你在"创造"，"他人—古人"也在"创造"，都在"创造"的层面，就有一个比较，一个水平问题，我们读书，正是学习他人如何创造性地写作的；我们临摹他人的作品，同样也是学习他们的创造的"经验"，然后在更高的层面上，进行自己的创造。读书、写字、画画，其理也一。

尽管模仿、抄袭之作，或者比比皆是，但是作为"学习"的方法，作为"创作"的途径，中国传统艺术所采取的，也有自己的道理：它"临摹"的应是古人已经在"作品"里体现出来的"精神"。写字和绘画之"临摹"，当亦在寻求"笔意"精神所在。书法艺术当然离不开文字，只是书法毕竟是书法，并不因为都要按照"文字"本身的间架结构去写，就说是"抄袭"，同样的"字"的结构间架，写出不同风格的艺术性的字来，犹如同样的乐谱，大指挥、大乐队能演奏出自己的艺术风格来。

多年以来，我已经很少想艺术方面的问题，美学问题也很少涉及，可能是本职的工作就已经够我忙的了，加之年龄不饶人，精力不济，研究范围只能一再收缩；当然也有某种客观原因，我已经多年不上剧场，不看戏，也不看电视节目，或许我在艺术趣味上变得越来越保守了。当然，就我的艺术"资历"来说，本没有什么"资格"来"保守"，但是我还是不很喜欢看到京剧变成了大堂会—现代堂会的一小段或者十个包公群演的场面。我感到，长期以来我们的京剧和书法艺术在整个社会生活中有点"错位"，老是想要和那些流行的艺术争一日之长，而比较地忽视了古典艺术的恒久的价值。这当然肯定是我自己落后于时代的表现，好在艺术对我来说本是业余爱好，是一种娱乐；但是我对它的思考，还是很严肃的，所以才有以上的写作。

或许"寓娱于思"和"寓思于娱"也可以是一种生活方式呢。

2006 年 10 月 27 日于北京乐澜宝邸

说"写字"

我写了大半辈子字，因为写不好，不敢言"书法"，只敢说"写字"。

一

我喜欢写字，确实是家庭影响，从小受父母教育的结果。

我并不是什么"书香门第"出身。我生在江苏一个介于扬州和镇江之间的小洲上，叫扬中。从报上看，现在已经建设得好了，而过去是个小地方。这是我母亲家，父亲家在镇江。祖父母早丧，父亲很年轻就到上海去混生活，于是我和母亲也就在上海落户。

我父亲少年失怙，没有上过什么学，但在经商之余却雅好书画，自己写字也很用功，虽然也谈不到书法，但在生意人里，算是写得好的。他老人家有此兴趣，自然就希望他的儿子能从小就练字，将来能把字写好。现在回想起来，他对我的教育，从来就抓两件事，一是督促我学英文，另一件就是练字。我和一般小孩子一样，大人管什么，就烦什么。我小时候最头疼的正是写字和念英文。

小时候我没有兄弟姐妹，和表哥、表姐住在一个石库门里，他们也常在我父亲监督下练字。和我住在一起的表兄、表姐兄妹二人都很聪明，也很用功，所以成绩大大超过了我，我常因字写得不如他们而被父母训斥。

当然，我也有露脸的时候。有一阵子，我临欧阳询的《九成宫》很用功，父亲高兴了，叫我在宣纸上临，挑其中好的，裱了一个立轴，挂在墙上时常评论优劣。这大概是我第一次"发表""书法作品"，可惜它在"文革"中被母亲因害怕"抄家"给烧掉了。

我有一个姨父，在扬中开照相馆，因为写得一手好字，我父亲就请他来上海做账房先生，并专管回复来往客商信件，以他的字，为自己商店增光。我这个姨父自己无儿无女，待我如同己出，常指导我写字，并讲些写字的方法道理给我听。他是一个平和、风趣的人，所以我对写字的兴趣，跟他很有关系。

实在说起来，我父亲和姨父对待"书法"的态度很不相同。我父亲是要规规矩矩地临习碑帖，主张写字要有传授，要有来历；我姨父则相反。我没有看他临什么碑帖，老看他

为康有为故居题词

闭着眼睛而手不停地画。他跟我说,"临字"不如"看字"。
原来,他看过的字都在他脑子里,然后化到他手上去,不是
"对临",而是"心临",不是"死临",而是"活临"。他
是拿他心里有的字做楷模来练的。我听父亲说,他这样练,
也非常刻苦、用功。在扬中时他每天挑一担水,在大青砖上
写、画,冬天的时候水都结了冰,手都冻僵了,还坚持练。

所以,我姨父的字,按我父亲的眼光,是功夫大得很,
但传授少些,有些写法,是他自己别出心裁体会出来的,

有的并不对。譬如，写行书"门"字，一般先写左边的一"竖"，然后写上面的几"点"，在这几"点"（一般是四个"点"）中，先写左边两"点"的右边一"点"，我姨父则先写左边这一"竖"，然后上去连着点一排的"点"，这个写法我总觉得是体会错了。或许他在什么地方看到有人这样写过，觉得很好，就记住了；但一般说起来，就缺少了点"根据"了。

我还有姨父留下的一些字，现在看起来还觉得笔力十分遒劲，因为他的字大半是他自己揣摩出来的，所以也颇有自己的风格，怪不得当年父亲说，他的字是缺少有钱有势的人捧，如果有人捧，也能成名的。我现在也相信这话。

二

我小的时候不记得都临过什么帖了，大概不外乎颜、柳、欧、苏之类通行的字帖。那时似乎没有听父亲说过颜、柳、欧、虞的说法，更没有提到过北碑。我入手大概是颜真卿的《多宝塔》或《家庙碑》，因为我父亲很推崇颜，自己也临颜；不过他认为正经地写大正楷才是颜体，而平时的小行书却一点也不像颜。现在可以肯定他没有临过颜的《争座位》，所以写出行书来跟何绍基、舒同的完全不同。

这样，按有些人的说法，我学字的入手就不高，因为我没有从北魏碑开始，而是从唐朝的楷书入门，门槛就低得多了。

我学颜字，从用笔的"中锋"学起。我父亲教我悬肘藏锋，横画两端都要圆的；当然也告诉我，笔法有多种多样，譬如欧（阳询）字（其实应叫"欧阳字"）就常常不藏锋，柳（公权）字则时藏时不藏，即使是颜字，也不是一藏到底，也有出锋的时候，等等。这些我倒也记了一些，临帖时养成了注意笔锋运行的习惯。

在我的印象中，我小时候家里没有多少碑帖，我父亲买碑帖反倒是"文革"后期我母亲去世以后一段时间里的事。我小的时候，父亲经常买一些字画，把它们挂在墙上，常对着它们呆望着，现在知道这叫"观赏"。有时候也跟我说说这些字画的优点和缺点，还讲解一些字画作者们的事情，我知道一些书画家的名字，也是从这里开始的。

现在我能够体会出当时我父亲购买字画时的心情。

我们家大概连"中产阶级"都不一定算得上。父亲做生意似乎没有"发财"。我闹不清楚他到底是做什么买卖的，好像是替外地的商号在上海代购什么的。据说这个生意早先还不错，我父亲来做就衰落了，加之蒋经国金圆券政策失败，百业都很困难，大概也没有多少余力来"收藏"字画；不过我们家占了一个便宜：我们是小家庭，我祖父母早故，而我们到上海后，外祖父母也相继去世，我还隐约记得外婆是什么样子，外祖父我就连见也没有见过了。我们只有一家三口人，用现在的话来说，是负担比较轻的，大概就这样，父亲才能买一点字画收藏。

父亲收藏字画似乎也有他自己的标准。他买字画不完全看名气，要他真喜欢才买。我记忆中有几个时期字画的卖价是很便宜的，可是他偏偏不去买那人人都知道的大名家的作品，却买些江南如扬州的一些人们不太知道的画家的画，这些画家，不到上海去查看画，我现在都说不上名字来。在这方面，可以说，他一点"市场观念"、"商业眼光"也没有，否则，我们这些后辈，也可以到拍卖行去风光一番了。

当然，他也收藏一些时贤的作品。在书法方面，他很喜欢谭延闿的颜字，不过谭的字可不是小民们所能得到的，所幸他有一个弟弟，叫谭泽闿，以字行世，上海许多商店都请他写招牌，有正式"润格"，已经投入市场，就可以出钱买他的字。于是我们家就有了一些谭泽闿的字。据我父亲评论，哥哥的字比弟弟的好得多，我当然看不出来，因为他们俩的字实在像得很，说是一个人写的都有人信。我看大概也是哥哥的字求之不易，所以才觉得难得可贵了。

　　我父亲也很喜欢沈尹默的字，家里有不少他的立轴、扇面。我在家时，父亲经常指着尹默的行书条幅对我说，你看，他的字每行都好像有一条直线贯穿其中，这就叫"贯气"。我再一看，真的有那种感觉。以后每看到尹默的字，我都会想起父亲的话来，去重新体验一番，竟然屡试不爽。

　　我家里还有白蕉、马公愚、邓散木的一些字，也都是我父亲喜欢的，当然也时有些褒贬，譬如觉得马公愚的商店招牌写得稍嫌呆滞些；不过，平心而论，如今写得出他那样的店铺匾额的也很少了。

　　在我的记忆当中，父亲有一把吴湖帆写的扇面算是他的珍品了。可惜，也许因为吴老先生名气太大，一把扇子上写了很少的字，我小时候不喜欢，觉得它跟别的扇面不一样，太草率了点，有点端架子，不过实在说，这几个字写得的确精彩，何况，也许人家就爱写大一点的字呢。

　　说到扇子，我父亲似乎特别喜欢，其实也不是为夏天扇风用的，大半是拿着扇子来回看那两面的字和画。大概光看这些字和画也能有"去暑"的作用。

　　我小时候是个不懂事的孩子，许多事都糊里糊涂，但我知道这些字画是父亲的命根子，记得有一次邻居家着火，别的我拿不动，搬起两盒扇子就往外跑。这个行动，母亲逢人便夸，好像夸救火英雄似的。

那时候我练字，不讲究笔、墨、纸、砚，父亲似乎也没有什么好的写字工具，不是他不知道要好的，我想大半也是经济的原因，力不能及了。我们练字，都用元书纸，随练随扔，很难得用白宣纸。墨是最普通的"松烟"，父亲说，"松烟"虽少些光泽，但显得深沉、厚重，当然，相当一部分时间我们用当时学生常用的"五百斤油"。笔、砚也都是学生一般用的，也记不起都用了些什么牌子了，也许根本就没有牌子。

就这样，我从小养成一个不良习惯，写字不论书写工具，也不具备这方面的知识。现在我写字一直用墨汁，常用的是一方我爱人家里传下来的砚台，也有朋友送来更好一些的，我都没有用。我不买笔，大半是父亲生前留给我的，一支笔用许多年，"小大由之"，所以加上朋友送的一些，这一辈子大概够用了。宣纸当然是必需的，过去我自己也买一些，挑那最便宜的单宣买。前年我爱人从一位书家那里抱了一捆宣纸来，足够用一阵子了。

三

我 17 岁那年离开上海到北京大学上哲学系，有相当一个阶段练字中断了。一来大学课程我很不适应，前两年觉得很吃力，那时的课堂讨论我几乎没有主动发过言；二来当时的"书法"似乎没有现在那样"热"。那时候校园里有各种社团，似乎没有书法方面的学生业余组织。我在校期间参加过"京剧社"，但没有书法方面的活动。

那时候社会上书法艺术似乎也没有"专业"化，没有专门的组织，也没有人专门靠它为生。这一点似乎跟我小时候在上海的情形又不同。那时的确有一些书家明码实价，以卖字为生，到我上大学时，书法艺术又成了文人学士、政治家的风流韵事，并不以此谋生。且不说这种情况的优劣，想来也是功过参半，风格方面可能高些，功力方面可能欠些。

我入学时正值院系调整第一年，我们上海考生报到晚，从上海到北京时学校已从城里沙滩旧址迁往西郊，进一次城不容易，偶尔在城里王府井荣宝斋——那时王府井有一个荣宝斋，现在似乎改为珠宝店了——还能看到有白蕉等人的字卖；价钱很便宜，大概两三块钱一张。

从北大哲学系毕业后，我被分配到刚成立一年的哲学研究所。工作是研究性的，相对地较为宽松，但社会并不平静，"树欲静而风不止"嘛。我到哲学所之后不久就展开了"反右"斗争。这个运动在哲学所一搞就是一年。然后就是下放劳动。从下放劳动中解脱回所后，有一段好一点的日子，似乎也就是在那段日子里，读了几年书。

正是在此期间，我参加了由周扬总体主持的全国高等教材《美学概论》编写组的工作。那是一段美好的时光。现在回想起来，如果允许把"时间""空间"化，可以说，简直是沙漠里的一片绿洲。

在那种宽松的环境中，我又想起了练字。

我以编美学教材为由，从所图书馆搬来早年日本人编的《书道大全》，其实是我拿来临帖用的。不过这个阶段我练字谈不上用功，原因同样是我不大适应这个编写组的水平，我在工作上要做较大的努力才能跟得上。

那时这个编写组真可谓人才济济，而且当时大多数还是翩翩少年，是各编写组中平均年龄最小的一个组。记得我刚去时是在西城石驸马大街高教部招待所。因为我们这个组要去，让一个编中学教材的组腾出了较好一些的房间给我们住，等我们进驻之后，他们大不服气。因为他们以为编大学教材的一定是些老先生，一看净是些年轻人，后悔不已。

在这样一群青年学者中，我显得特别的幼稚，要学的东西太多了；同时，名利心也就滋长起来。因为这些人中，主编当然知名度很高，其他人也有已经很有名的，所以我自然不甘落后，要多写点文章，要在社会上有所影响才好。说实在的，当时的人对"利"（指金钱，不是广义的"利"）看得似乎较轻些，而对于"名"，却看得很重，而所谓的"名"大概也专指"知名度"，而不是广义的"名誉"。

人一有了"急功近利"之心，做事就不会踏实了；尤其是要做一些"高雅"的事，就更不踏实。当时的世道，既不以"字"取人，"书家"亦必为学问家或政治家或其他什么家，才能名重于世，所以必先在自己的本职专业方面取得成就，你的字才能被社会重视，真所谓"功夫在字外"。于是，学子们岂敢荒废自己之"正业"而求"书法"为世人所重乎？如今"书法"既成正业，则自当别论了。

那个期间，我经常在晚上用旧报纸来练字，有时近乎乱画，谈不到用心临习，更无所长进。

我们编的是美学教材，这期间亦组织一些学术报告，有一次关于西洋绘画方面的，有一次关于文艺心理学方面的，还有一次是请启功先生讲中国书法。那是20世纪60年代的背景，但我们主编很尊敬启功先生，很称赞他的学问，我很为我们主编的开放（当时没有这个词）感到高兴。可惜，那次启功先生讲什么我记不清了，只记得他带来一些碑帖来示范，会后我问启功先生能否借两本字帖给我临习，他很为难地说这些都是图书馆借来的，事后我觉得自己过于唐突了，幼稚得有点可笑。

不过，我居然有了借帖临字的机会了，而且这个机会竟然会在"文革"期间。

四

谁也没有想到，"文革"会是我练字的机会，当然是在"文革"后期。

我们这一代人谈到"文革"至今还心有余悸，可谓"谈'革'色变"。

"文革"开始时，我正随团在江西搞"四清"。我已经搞了两次"四清"了，第一次在湖北襄樊，这一次在江西丰城。我们奉命回京时已是"大字报"的天下。从学部（社科院前身）到所的领导全都被"打倒"了。我赶上亲眼看见学部一位领导怎样当场给"揪出来""打倒"的，而所里的我没赶上，早已经趴下了。至今我还纳闷，学部这位领导怎么说着说着就被赶下了主席台，而在台下的一位也不算年轻、在所里也是领导的就敞开中山服、两手叉腰地上了台，声嘶力竭地"批判"开了。我真的弄不懂，这个"台上"、"台下"就这么容易地颠倒过来了。

当其时，大概除少数人外，多数人全蒙了。现在回想起来，对多数人来说，这个运动的特点大概就在于这个"蒙"字。随着运动的深入，参加运动的人越来越"蒙"。原来自以为清楚的，运动一进行，也发起"蒙"来。这一部分人"醒"了，那一部分人"蒙"了；原来"醒"过的人"蒙"了，于是所有的人都"蒙"过了，都尝到了"蒙"的滋味，从而所有的人又都"醒"了。不管真"醒"假"醒"，终于都"醒"了。

我就是大家都不管真假地"醒"了之后，又开始练字了。

要说"文革"中练字真是"大好时机"，天时、地利、人和，加上自己的主观状态，简直是"好"，"就是好"。

先说客观上，有抄写大字报、刷大标语的需要，谁敢说不让写毛笔字？为了"革命"，也得练字。于是，练字几乎成了"革命需要"，连工军宣队也不敢过问。

抄大字报对于写字的确是一个考验。这个大字报还真不容易抄好。大字报是横写的。中国书法传统除匾额外大都是竖写，大篇的横写字，要写好看了，不是件容易的事。于是还得练，琢磨着如何写得好看。大标语固然可以写美术字，但比较慢，赶不上"革命的需要"，而手写体的大标语则更难藏拙。

于是，还得练字。这回可得认认真真地用心练。你还有什么指望？且不说"名利"思想已成"过街老鼠"，文章也只许几个人写，你写了也没有地方发表，索性省省心，不写了。就连读书，也受限制。如果你想在读语录、"老三篇"之余，读点专业书，当然得偷偷地读，一旦被发现，则免不了一顿批评。我们学部的工军宣队批评起来倒也有"学部"的特点，他问你，毛主席著作你都领会透了吗？谁敢说都领会透彻了？那么你凭什么要念别的书？被批评者语塞，"口服心服"，乖乖地拿起语录来。

练字就好得多了。记得当时还能买到几本新字帖，像《为人民服务》等都有字帖问世，可以公开练习。那时候我还学了一种字体，叫"新魏体"，据传是从张裕钊那里化出来的，很适合写大字报的标题或大标语。这种字体现在还在用。

当然，如果你要临旧帖，就得躲着点工军宣队。

五

工军宣队进驻之前，我着实地逍遥了一阵子。

我出身不好。虽然小时候家里并没有钱，但一来是父亲有点好夸大的毛病，老说自己是"当老板的"。当"老板"，自然是"资本家"，是地道的"资产阶级"。二来过去填表，就"高"不就"低"，在"家庭出身"栏填上一个"资产阶级",表示自己改造的决心,所以长期以来,人们以"资产阶级家庭出身"视我,断无成为"红卫兵"之理,我也很有自知之明,在一次性试探失败后,安居"逍遥派"。

"逍遥"也有"逍遥"之道。我立刻就加强了书法之练习。我练习得如此认真,一度曾经到了废寝忘食的地步。天天写,日日写,无时无刻不在想着写字。

那个时候我所有的碑帖甚少,有一套从爱人天津家里带来的《晚香堂苏(东坡)帖》,这个帖收刻了不少苏东坡的字,大小全有,正行俱备,我当然时常临习。我觉得苏字得自颜的笔法,而掺入二王的结体,有文人学士的潇洒,也有经世大吏的雄浑,只是为什么他的字都有点偏斜,不得其解。后来读到一本书上说,苏东坡执笔像现在拿钢笔那样,也许这就是他的字有点"一边倒"的原因了。

有一阵子,我的字帖来源不是图书馆,因为那时图书馆已然停顿,无人借书。我的来头(源)说来很大。我和书画鉴定大师徐邦达的公子徐书城友善,他从老先生书柜里常带一些碑帖来,供我临摹,有此靠山,我的书艺"大进"了。

我和书城兄相识于北大读书期间,我们同一火车从上海来入学,但不久他却被退出北大学籍。原来他老兄已是浙大外语系的注册学生,可能其时他父亲已来北京任职,所以他也想来北京读书，考入北大历史系，后来被查出了"双重学籍"，让他回浙大接着上学，他自然不愿意，于是就辍学留在北京。起先，我们都互不知道消息；我毕业后进入哲学所，1958年哲学所迁入建国门内，我住东城干面胡同，他那时大概住得离我不远，就找来，"恢复了关系"。那时他没有结婚，每星期必定要来我家一次，是我家的老朋友。

当其时他因为尚未结婚，和他父亲住在一起，也就能比较方便地从老先生那里拿点字帖来借我，而且正在"文革"期间，这些字帖例属"四旧"，大概因此老先生对儿子的行径也就一眼睁、一眼闭了。不过，我虽没与老先生有更多的接触，只是编教材期间在中央美术学院听过老先生一次学术报告，但想起这件事，我还是充满感激之情。

我从这批字帖中的确受益匪浅。

我记得，其中有王羲之的《十七帖》、《圣教序》，孙过庭的《书谱》，还有李北海的一些碑拓影印件，其中最有帮助的要算一本《智永和尚真草千字文》了。

因为那个时候我不但不会写草字，连认都认不清楚，这当然是"书家"的奇耻大辱，非要学会不可。不过这个草书竟然像外文那样，怎么也记不住，有了这本《千字文》，正草对照，就像英汉对照的语录那样方便；当然，你还得去临，临几遍这些草字你就认得了。所以当时我能深刻体会"要知道梨子的滋味就要亲自尝一下"这个道理，要认识草字，就得亲自去写它。

《智永和尚真草千字文》提高了我对草书的兴趣，于是借来孙过庭的《书谱》来临，还有他那本《景福殿赋》，和《书谱》的风格很不一样，我也很喜欢。多年以后，一位朋友写一本书法方面的书，谈到明朝张瑞图的渊源，觉得不可考，我说颇像孙过庭《景福殿赋》，得到这位先生的肯定。后来写草书的除了遵从张旭、怀素外，多受《书谱》的影响，连力求创新而欲开一代之风气的于右任，也能看出《书谱》的底子来。《景福殿赋》可能太怪，学的人少，但我很喜欢它的粗犷放纵，用现在的话说，有一种"原始"的意境。当然，我自己绝不能驾驭如此高难度的技巧，只能嘴上说说罢了。

六

不错，在各种书体中，我偏好草书。我在干校期间，利用早晨"天天读"的时间偷偷写过一篇关于书法艺术的文章，改革开放初期得到了发表的机会。在这篇文章中我说，中国书法艺术的特点在草书中表现得最为突出。当时是用黑格尔的办法去套，好像先有一个"书法的精神"，这种"精

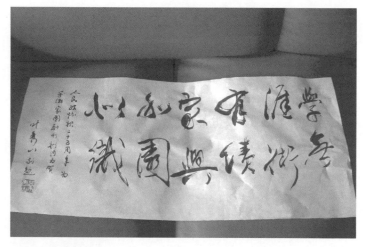

为《政协报》题词

"神"在各种书体里有不同的体现，而在草书里体现得最充分。如此而已。

我这样说，并不意味着我轻视别的书体。事实上，我不敢写草书，因为我的行、楷的底子不厚，笔力柔弱，以这种水平写草书，只能是以"乱"欺人。所以我一直重视练大小楷书，而练得比较多的是行书。

"文革"期间，我一度集中临过北魏碑。有些是从徐老先生那里借来的，有些是一位朋友给我的，他觉得这些东西对我有用，就给了我。可惜我只知实用，不知爱惜，把它们剪下来胡乱贴在旧杂志上，以便临习，却毁了原件，现在恢复起来也很不容易了。

　　说实在的，我临过的北碑也的确不少，像《始平公》、《张猛龙》、《张黑女》、《杨大眼》等我都临过多遍，后来还临过一些隋碑，风格也相当硬。还参照着当时的"新魏体"，写过一些大字报标题和用彩色写的"最新指示"报头，特别是在河南干校后期，办一期墙报真是一件喜事。用各种颜料画的画，写的字，花花绿绿，给干校后期无所事事而又要做出剑拔弩张的"大批判"气氛增添了一点真正的喜悦。新墙报贴出的日子，总有不少人"围观"，指指点点，大加评论。其中最引人注目的自然是那一大张语录，是用好纸、好颜料精心写成的，而大概每一张都是我的"书法作品"。不用说，当时的"围观者"是只看"形式"不看"内容"的，他们只"看"，不"读"。

　　不过，临着临着，我觉得我不大容易进入北碑的境界。我甚至觉得，有些北碑只能观赏，是不能做范本临习的。它们之中也有些是当时文化不太高的人写的或刻的，有一些是离了谱的错字。这些作为"文物"来欣赏，会有很高的价值，从中体会一些刀刻的特殊笔法，也能增加书法艺术的趣味，但不能由此入手。这个意思当然和晚清以来的前贤的教导相悖。不过我想他们的说法是针对当时的一种弊端，是有针对性的，而且唐代的碑，被拓得太多了，原石磨损，翻刻的水平下降，也是提倡北碑的一个原因。正是在此期间，我读到《文史资料》一篇回忆康有为的文章，说他老先生到晚年，又说唐楷重要了。可惜我早忘记了哪一期、哪一篇了，但这个意思保证有的。

于是，在临过一阵北碑之后，我又广泛地大临特临起各种碑帖来了。

七

还在工军宣队进驻前，我母亲病重，我回到上海。因为在北京反正也是"逍遥派"，就在上海一住三个月。这期间，除了替母亲挂号，陪母亲看病外，还跟我那位姨父学会了裱字画。一时间满屋子贴满了我写的各式各样的语录、毛主席和鲁迅的诗。我母亲起初还挺高兴，后来很伤心，说她病成这样，你们还有心思这样大干特干。我和父亲都觉得很不应该，就收敛多了。

在上海伺候了几个月母亲的病，在册的干部不可能长此"闲置"下去，终于"盼到"了工军宣队的到来。于是连夜赶回北京，迎接新生活降临。

从此以后，"逍遥"不再，天天"上班"是当然的。"上班"之所以要打引号，乃是名不副实、有特别的意思的缘故。在"班"上，不得再做自己的研究工作，各研究组室俱已解散，更换成"班"、"排"、"连"的军事编制，或许这正是"班"的"本源性"意思呢，就我做哲学论文的习惯，更应打上引号了。

作军事编制，意味着"要准备打仗"。"打"谁？"打"那些地、富、反、坏、右、资、黑，其中"重点在整那些混入党内的走资本主义道路的当权派"。当然，当时的军事行动，倒不是真的拿着枪冲锋，真的举着刀刺杀，而是"开会"。

"会"是万能的，也是很奇妙的，有一种神秘的力量。一切"牛鬼蛇神"，无论你职务多高，能耐多大，"会"上一"批判"，一"宣布"，绝对地能打倒，而且"永世不得翻身"、"万劫不复"。

当然，过去也不少开会。不过"会"的"魔力"，莫过于此时了。此时"会"在形式上也有不同，最突出的是"主持人"换了。不再是过去的各级领导，也不再是同级的同事，而是外来的工人、军人，"旧貌换新颜"。

不但"容颜"变了，连"声音"也变了；不仅从慢条斯理、细声细气，变得实大声宏、气势慑人，最令我思之不已的是"口（语）音"变了。

我自来对语音感兴趣，中国的、外国的，都有点敏感。我想，如果有人研究一下中国历代领导的乡音变化也很有意思。余生也晚，没有赶上"万岁爷"的时代，从京剧和现在电视剧的情形看（听）起来，当时大小官员都以说一口京片子为荣。所以，我猜想，当时"会议主持人"多说"京白"。辛亥之后，大概以广东官话为多；至蒋以后，江浙一带的官话或可在各级"会"上听到。

到我工作以后，主持高级的会议，大概说湖南、四川话的居多。周总理是江苏人，乡音无改。当然他们主持的会，我这样的干部绝无资格参加；只是1958年被派去为人代会江苏组做过一次记录，得窥一二。

我们所里各级主持"会"的，可以听到江苏话、山东话、四川话、广东官话、东北话，等等，恰恰没有所在地的北京话。难怪当工军宣队师傅一登上"会"（没有"议"，只有"会"）的"主持人"座位时，听到那一口的京音，是如此的亲切而又如此的特别，真是"别有一番滋味在心头"了。

工军宣队进驻学部，有大事要抓，倒也不管我练字，而且练字对抄大字报、刷写大标语有用，慢慢地我这个人才被发现，成了抄、刷的"骨干"了。

进驻初没有多大问题的都是下班就回家的，在家里，我临习的就不是语录帖，而是那些该作"四旧"销毁的东西。那时候，在家里听戏、听音乐，是很危险的，因为还没有"随身听"，而声音是捂不住的；写字则比较安全，因为它不出声。这样，我临了一阵子旧帖。

然而，好景不长，工军宣队有了新的作战部署，要向敌人发起更为猛烈的攻势，平时一律在学部集中住，无事不许请假，每星期六晚放回家，星期日下午回学部。就这样，我临旧帖的事也就处于"危险"的边缘了。

有一天晚饭后，别人散步去了，我偷偷拿出一本《书谱》来临，碰巧进来了工军宣队一位中级领导师傅，他看到我临一本他一个字不认得的字帖，说出一句惊人的话，就冲这句话，这位师傅的觉悟和水平再加上即兴的机智，也足可载入史册。当其时，他严肃地对我说："干吗要学他？我看你写的字比他好多了；再学他，他就会把你害了。"

我听这句话，就像他看《书谱》一样不懂，不过他能看出那是"字"，我也能听出那是"批评"，就赶紧收了起来，搭讪着说些别的大家都懂的话了。

八

我们学部，属于问题复杂、严重的单位，所以下干校反倒比较晚，但也在劫难逃，卷铺盖下到河南息县，一边种地，一边搞运动去了。

为适应干校的条件，我练字的方式也要做些调整。用旧报纸写大字不行了，没有那大地方。我们每个人床前摆上箱子，就算是桌子了。于是就改练小楷。

我始终觉得，蝇头小楷和擘窠大字有同等的难度。写大字要有腕力，写小字同样要腕力。所谓"腕力"，就是"运笔"的力度，要它往东，不能往西，要它细，不能粗，要它停，不能行。这方面，大字难，小字也难。在北京时，没有耐心练小字，到干校正好补这一课。

干校当然以干农活为主，天没有大亮就下地了；晚上下工已是精疲力竭，再说那时农村没有电灯，煤油还得省下来看点书呢。练字的时间只能安排在中午。那时候，午饭后有一点休息时间，利用同屋饭后正在调整说笑的时间，我每天临上三行小楷。

也许那时候同事中每个人屁股上都有点"屎"，我这个特别的习惯大家都很理解，没有人向工军宣队报告，工军宣队也从不到我们的住处来，我每天练字的行为没有被揭发出来。不但被掩盖着、被保护着，还受到鼓励呢。我们的排长，是一位出身很好的干部，他有一次竟对我说："我看到你写字时候那种全神贯注的样子，真像一个艺术家在进行创作。"试想当年的情形，听到这句话，心里暖洋洋的，所以他本人可能早忘记了，我却一直记得这句话。

我集中学小楷也是从《灵飞经》入手。我先有一印本，后来北京的邻居送我一个拓片本，现在当然有后出的很好的拓片影印本。《灵飞经》是唐人写经的佼佼者，好印件的笔锋、笔法看得相当清楚。有人可能觉得《灵飞经》过于妩媚，练不出笔力来，的确是有这种可能。所以，不能光临一种帖。

任何一种艺术风格，它的优点往往也是缺点，因为风格是有个性的，而个性就不会面面俱到。光临一种帖，光写一种体，往往写不好，要多临几种，才能"纠偏"，才能"互补"。

临帖为什么需要"互补"和"纠偏"？因为古人在写出某种风格时，并不是一开始就有了这种风格的，他也是先广泛地学习，然后慢慢形成自己的特点，因而他的"特点"是融合了许多"非特点"而成的。譬如颜真卿的风格，看他的

《麻姑仙坛》或者《家庙碑》，好像前无古人，自出机杼似的；再看他的《多宝塔》，则他和初唐虞世南、欧阳询、褚遂良的关系，就较清楚，他是从这些字体中化出来的。我们后人学颜，如果光学他那圆乎乎、胖墩墩的劲头，就不能说得其精神，而他的书法的神髓正隐藏在圆乎乎、胖墩墩的笔和结体里，不易一眼看穿。你只感觉你临的字和他本人的字只是"形似"，未能"神似"；只有当你自己也临过虞、欧、褚诸家后，才恍然大悟，原来颜字的"支柱"表面上似乎看不出来，因为并不在他最明显的"形状"中。我想，这个艺术上的道理都是通着的。譬如我们学唱京剧"麒（麟童）派"，我小时候在上海听到一些票友尽往"哑嗓子"方面去模仿，而不知道"麒派"唱法，固然让人有"声嘶"之感，但却绝不"力竭"，不是"嚷"，而是"唱"。听周信芳的演唱，能感觉出来，他的"气"，好像"用不完"似的，这是我听一切大演员表演时共同的感受，这是一种"基础性"的"功力"，特殊的"风格"是从这个"基础"上"生长"出来的；而这个"基础"又不是"单一"的，而是"综合"的。不是一门子地把嗓子憋哑，就练成了"麒派"，而是要学多种流派的技巧，各种腔调都能应用自如，才不显得"气促"而"捉襟见肘"。有了这个"基础"，或许你的灵气不够，出不来什么

"新风格"，成不了"大气候"，那么，也算是下过功夫的，也算"身有一技之长"，可以立身于社会，不至于"欺世"。

我想，学艺、写字、读书做学问，大概都是一个理。我们不能说，大多数人都会唱戏，但我们却可以说，大多数人都会"说话"，而知识分子又都会读书写字。"说话"要成艺术，就得比一般人嘴皮子有"功夫"。相声演员说、学、逗、唱，不是天生的。现在有个别相声演员似乎没有什么嘴上的功夫，也俨然"笑星"，号称"大师"。其实，听他们的相声，如果是好段子，还不如买个本子自己回家读来得有趣，因为或许静下心来可以"想象"侯宝林他们如果说这个段子会怎样。

我写字也遵循这个原则，我不胡乱瞎写，而必定要老老实实地临帖；也不死临一种帖，而是一个阶段一个阶段地换着临，根据"互补"、"纠偏"的原则换着临。好在我不以卖字为生，不着急出自己的独特风格，这辈子都出不来也没有关系，只要人家说一句"他是学过字的"，就很满意了。其实，就连靠以谋生的"学术工作"，又何尝不如此。我觉得所谓创新的独特思想、观点，要它自己从读书、思考中自然而然地出来才好。我相信，只要你读书是用了心的，也就是说，是用了自己的脑子思考的，那么你自己的独特思想就自然会出来；万一出不来，怎么办？现在我要补充说，即使作为谋生手段的学术，一辈子出不来大思想，没有大创造，也就认了。等到"盖棺论定"那一天，人们说一句"他读书还用功，还是有学问的"，大可以闭眼了。

九

我在干校期间临的小楷帖不少，除《灵飞经》外，像相传为王献之的《曹娥碑》、颜真卿的《小字家庙碑》，都是我很喜欢的，其他还有赵子昂、文徵明、祝枝山、王宠等人的一些帖，我也临过。不过那时候毕竟时间少，到了大夏天，就要"封笔"，因为中午实在太热了。每次收工吃了中午饭后，浑身的汗都集中流到塑料凉鞋上，感觉特别明显；所以，饭后的第一件事是要到旁边的小河沟里"冰一冰"，顾不上写字了。也算有失有得，我就是在干校期间，学会了游泳。

干校的冬天，同样有活干，当然利用"农闲"大搞"运动"也是一定的。所以，冬天似乎更加忙，白天少干一点活，晚上的"批斗会"则加倍地进行，同事们暗中叫苦不迭。

这时候我却得到了一个美差。

许多人还记忆犹新，那是一个大唱"样板戏"的时代。绝大多数演员都在干校劳动，不唱戏了，可是我们这些原本不唱戏的却要天天唱、日日唱。我们宣传队说，"唱得好不好是技术问题，唱不唱就是态度问题了"。于是，围绕着"会"的开始和终结，不但要念语录，而且要唱戏。一般来说，会开始时常唱"我们是工农子弟兵"，结束时就改唱"大海航行"了。这一年（忘了哪一年了）冬天，干校总部——忘了是"师"还是"团"的编制了——成立了一个宣传样板戏的剧团，就驻扎在息县城里。我因为会蹭几下京胡，光荣入选，引得同事们羡慕不已。县城里生活条件好，此其一也，二来免去地里的劳动，体力得到休息，也是一乐；不过我猜最主要的还在于不用在大小"批判""会"上没词找词，说些言不由衷的话，这才是主要"羡慕"之点呢。

要说那个"剧团"当时叫什么，忘了，也许是什么"宣传队"之类的，其时确实是个"乐园"。从负责的到成员，全是原学部的人，大家命运差不多，相互理解，有共同语言。当时息县不富，但县城里市场上鱼、肉、鸡、虾，倒也一应齐全，加之我们当中有一位做得一手好菜，他姓单，在"剧团"内部"单家菜"颇为知名，至今提起来还令人垂涎。

利用这一片乐土，我当然更保持并发展了写字的传统。起初，仍是每日临三行小字。后来，我们当中一位武场上的，是考古所管挖掘的老师傅，很有一些老传统的训练，他看我只临三行小字，认为远远不够，有他这句话，我也逐渐加量练习，除小楷外还临一点小行书。

十

说到行书，实在是我临习得最多的一种书体。

行书是最常写、最常用的一种书体，也是最见功力、最见性格、最不能藏拙的一种书体；实用性强，审美性也很强。

从形式来看，行书在楷书和草书之间；从来源看，或许是楷书和草书的结合，因为它们各自有自己的来源。行书与楷书的关系，似乎还有一种说法，认为楷书是从行书发展出来的，而草书从隶书—章草衍化出来，是隶书的系统，这两股书势汇合起来，成了行书。不管怎么说，写行书要有楷书和草书两方面的功底，缺一不可。所以我想，从临习的角度来看，不宜一上来就临行书，或者说，临行书也要时常回过头来再临楷书、草书。当然，这只是一种理念，实际上我临帖，没有一定之规，常是乱临一气的。

有一个阶段，我常临王羲之的《圣教序》。《圣教序》虽然是集字刻本，但在王字中是相当挺拔、遒劲的。另外我爱临它还有一个原因，就是它含的字多，不像《十七帖》收的都是短篇。字多了，可遵行的楷模就多，用处也就大。所以我爱临字多的帖，像陆柬之的《文赋》，苏东坡自己以及赵子昂等人写的前（后）《赤壁赋》等，都是我喜欢的。

当然还有那颠扑不破而又有争议的《兰亭序》。《兰亭》真伪之议不从郭沫若起，但由郭发起的争论带有一些政治性。对于我们习字的来说，只要是好字，就值得去临。在那次争论中，好像只有一位发表"宏论"说《兰亭》的字也丑得不行，这大概既非史学眼光问题，也非审美趣味问题，而是政治品位问题了。

其实，不论《兰亭序》是不是王羲之本人的作品，它在行书方面对后世的影响，是有目共睹的。《文赋》很像《兰亭》，我常常把它们合在一起临，当一本帖临，以增加《兰亭》的字数。当然，《文赋》敦厚些，是唐人的字，《兰亭》飘逸些，是晋人的风格，可是在结体上有相当的共同处。赵子昂后来在为《兰亭》作跋时说，结体随时而异，用笔则千古不变，在《兰亭》和《文赋》的对比中，似乎是结体近似，而用笔迥异，所以才有精神面貌上的差别出来。

要临习行书，赵孟頫当然是一大家。不过从小我父亲就告诫我赵字学不得，多学赵，笔力就会显得柔弱，字就"站不起来"。遵父命长期以来我不敢临赵，只是作为观赏看看而已。说也奇怪，尽管我躲着它，可是不少人看到我的字时，劈头就说，"你是学赵的"，弄得我很丧气。也许天生"笔性"如此？也许不知不觉地受了影响？

终于我也想通了，学赵就学赵。我临过赵的大楷书，像《妙严寺》、《仇锷碑》等，还有一些中楷，如《御服碑》、《张总管墓志》等。我承认，赵的大楷书真的"少儿不宜"。赵的大字过于柔媚，他自己有李北海等大底子，写出来尚欠力度，何况年轻人缺少功底，若以它来入手，以它来打基础，这个基础就不会很牢固。就入门打基础的功夫来说，过于柔弱的，或过于走偏锋的，即个性过于突出的，都不太相宜。

批评赵字的人很多，小时候父亲不让学，反映了当时一般的意见。这一点尚有一"旁证"值得一提。那还是"文革"中工军宣队进驻初期，我们已集中住于学部大院，但还未下干校。我们所原常务副所长、已被康生指使揪出的"黑帮走资派"陈冷写了一份交代材料，不知怎的会被我看到了，也许小组里未被揪出的革命群众都有资格轮着看，我看着看着，差一点就要乐出声来了。这位老革命写了一份自传，从小写起，一直写到如何成了"走资派"，上了黑船。从小写起，也是从小就"批判"起。他说他小时候的错误之一就是没有临习难度大的欧字、柳字，而是贪图容易，临了赵字，造成了以后写字没有骨架子，软绵绵的没有朝气，等等。尽管不少人批评赵字，但赵孟頫决想不到学他的字也会作为"罪状"被交代出来。

说起我们这位老领导，后来的遭遇是很可怜的。他原本在广州工作，当过地方宣传部长，当过一个电影制片厂的厂长。"文革"前大概为提拔他，先到中央党校学习，然后到我们所当副所长，管常务。那时的中央党校校长是杨献珍，这样，作为学员的陈冷当然就被分配上了杨的"船"，这只"船"很快黑了，陈冷自然也跟着黑了。

他老先生在位时，他是领导，我是白丁，他知道我见他老躲着，有一次还说他很理解青年人躲着领导的心理；"文革"中这个"领导"与"被领导"的关系没有了，而实际位置却倒过来了，我大小是个"革命群众"，他则是"黑帮"，这样我们反倒比较接近起来。他实际上是个文人，爱读书、爱写字，我们很谈得来。有一次他要我借他几本字帖临临，我支吾着拖延时间，竟然没有借给他。不是舍不得，我知道他一定有借有还，也不是怕犯（传播"四旧"的）错误，我知道他绝不会去揭发我，而是他那时肺部和肝部都有了病，我怕传染，现在想想很对不起，我应该送他几本就是了，好在都过去了。他后来果然病重，住进了协和医院，我们常去看望他。有一次他伸手给我，让我给他号号脉，我哪里懂什么脉象，说几句安慰的话罢了。其实，他真需要的不是这几句话，而是康生的一句替他"平反"的话。因为他的"案"是康生亲自"定"的，虽然后来问题算是解决了，但解铃还得系铃人，没有康生本人的话，总好像欠缺了什么似的；他哪里知道，康生那时大概已经说不出什么人话来了。陈冷终于没有能等到康生为他"平反"说的话，遗憾地走了。有一阵我想，这一下，陈冷可以在另一个世界问问康生到底是怎么回事，后来我否定了这个想法，倒不是因为从科学上讲根本没有这"另一个世界"，而是觉得如果真有那个"世界"，一定是至公、至正、至清的，在那样的世界，陈冷一定找不到康生的，因为康生根本进不了那个世界。

十一

要说我们同事当中，特别是老师当中，确实有一些是很喜欢，也很懂书法艺术，有的自己还写得一手好字的。

首先是我们西方哲学史室（组）的创建者贺麟先生。贺先生是我国著名的大学者，他对中外的哲学有深入的研究，这是大家都知道的。1949年以后他对于西方古典哲学特别是黑格尔哲学的翻译和研究，有很大的成绩和贡献，这也是公认的。我要说的是，他还是一个非常有情趣的人，对于文学艺术、诗歌绘画等有很高的修养，书法艺术同样也在他的关注之内。从他身上，我们可以体会到一个哲学的专门家和广博的文化修养的关系。

"文革"以前，我知道贺先生喜欢读诗，读文学作品，但不太知道贺先生也很喜欢书法艺术。我做学生时在贺先生家里看到挂有朱熹写的一副对联，那是贺先生已故夫人刘自芳仿绣出来的，因为原件太珍贵了，舍不得挂。搬到城里干面胡同后，还在客厅挂过，其时刘自芳已经过世了。

"文革"前我还知道贺先生很爱听京剧和昆曲。刘自芳去世后，由罗念生先生夫人马婉仪介绍贺先生娶了新夫人黄人道。黄先生一直活跃于昆曲研习社，这个社过去是俞平伯先生为社长，现在是楼宇烈兄继位。有段时间，黄先生每星期日请一位笛师李老先生到家里吊嗓子，一天我上楼找贺先生，正好遇到，我居然随笛声唱了一大段《闻铃》，其实我是刚从宇烈那里趸来的；后来还跟徐书城学过一点《游园惊梦》，可惜没有学完就"文革"了。

我知道贺先生藏书很丰富，中外古今的书收藏不少；"文革"中才知道他也喜欢购买碑帖、字画，而他知道我在习字临帖后，就把他买重的碑帖送给了我。贺先生送过我一本珂罗版精印的宋人书札，自然收有苏、黄、米、蔡的一些书信，好像两个蔡（蔡襄、蔡京）都有，从中可以看出有宋一代文人写字的总体风格。

过去我常说，中国的艺术强调"共性"，西洋的艺术则重"个性"，这个说法当然是很片面的，因为西洋艺术强调"个性"本身就是一定时代的一种观念和风气。我们知道，希腊古代的雕塑，是很"人性"的，而那时的"人性"也还重在"人"的"理想"的一面。正像莱辛研究的，"丑"在希腊古典雕塑里是受控制的；虽然后来发现的《拉奥孔》塑像的膀臂接上后并不像莱辛想象的那样优美，但古代希腊人对"人"的确有一种理想主义的想法，不允许过于丑陋的形象进入艺术。这是和现代派或超现代派（达达主义、超现实主义，甚至印象派）的想法截然不同的，要说"个性"的话，后者才是，而希腊的仍是一种"理想"的"共性"；更不用说欧洲中世纪时代的绘画、雕塑了。

不过就中国艺术的传统来看，似乎是很自然地在一种"大气候"下形成自己的风格的。一个时代有一个时代的书风。晋人有晋人的字，唐人有唐人的字，接下来宋、元、明、清都有各自的典型风格，在这种"大风格"下形成书家自己的"小风格"。有大才的，得风气之先，自己的风格就会开一代之"大风气"；中才以下，则只以自己的"独特"的

"小风格"为人欣赏。

这种情形之所以说它"自然",乃是因为一代人有一代人大体相同的"基础"、"立足点"和"起点"。譬如宋代的人,从小习字大体要从唐诸家入手。所以蔡襄不离鲁公规范,至苏东坡痕迹可辨。唐代颜、柳并称,柳的影响在米(芾)身上明显些,而蔡京的字,则绝类米字,他们的行书出自二王,我想与前朝唐太宗的推崇和提倡有关。再大的书家也非天生,都要从小临习,这个临习的范本,就是"基础",它在一定程度上反映那个时代人们的选择,反映了一个时代的风气。从某种意义上说,这个风气(对一个小孩子),是不可抗拒的,"抗拒"、"反潮流"、"后现代"、"解构"是以后的事。只是随着时间之推移,积累的范本多了,选择的余地就大了,这样时代的风气就越来越多样化,这时候,"个性"问题就更加突出起来。

写字如此,做学问何尝不如此。譬如我们搞哲学的都承认康德是很有个性的,在西方哲学史上开了一代之风气;但他的具有独特个性的哲学并不是生下来就形成了的,他也得上学读书,学当时一般的课程。就哲学来说,他也得读老师教他或社会推荐给他的前人的书籍。当时德国大学里流行莱布尼茨—沃尔夫学派的思想,这两个人的书当是康德的基础读物；此外，他读过柏拉图、亚里士多德的书自是没有问题；他读过英国经验主义者洛克、休谟的书，还有法国卢梭的书，再加上中世纪的各种宗教书，马丁·路德新教的书等等，这些都是他的学问基础。我们要研究他的独特思想，把握这些独特思想的来龙去脉，对他的"基础"，必得有一个深切的了解，才会知道他的"个性"（思想的独创性）是怎样出来的。这样，如果我们没有相应的西方哲学的历史知识，要想真正把握某个大哲学家的独创思想，或许是不可能的。因为任何一位称得上大家的哲学家，他的思想都几乎要融会了整个的哲学史。

同样，无论多么有"个性"的大书家，在他的字的"独创性"中，也都几乎融会了全部的书史。我们在苏字里看到了二王，看到了颜、柳，而且也看到了他同时代人的互相渗透。我这话可能说得绝对了点，但如果光说"个性"，我看几乎人人都有，而没有"历史"的"个性"才是"抽象"的"个性"。所以，"个性"在"历史"中，"历史"在"个性"中，二者本不可分。

十二

在贺先生送我的碑帖中，还有一部装帧得非常精美的虞世南的《夫子庙堂碑》。这本《庙堂碑》，是碑拓裱本，不是碑拓影印下来的裱本，因为装帧好，看上去颇有凹凸之感。《庙堂碑》是个大碑，符合我"字多"的要求，和我当时临的颜师古的《等慈寺》一样。笔画和结体都非常整齐、规范，临习它，可以训练将字写得规规矩矩。在那"史无前例"的"文革"中，还有一个好处，就是它们似乎是汉字手写体中最适合抄大字报的一种。

在"文革"中，抄大字报虽然非大"积极分子"、大"革命骨干"所为，却也不是"牛鬼蛇神"所能做的事，而只有那些不配当"骨干"，但又找不出什么大问题，或虽有材料一时尚顾不上整治的人才能委以此任。当然，字也要写得稍微好一点的。要符合这些条件，我算一个，还有是一些年纪大一点的人。在这些人中，当然要排除那些"问题"很大的人，像贺先生自然绝不在此列，那位用赵字打基础的陈冷，也没有资格参加。在抄大字报的人中，有我们研究室（组）的温锡增先生、管士滨先生、杨一之先生和王玖兴先生；中国哲学史室（组）的王明先生也抄过不少大字报。

现在，上述这几位先生除王玖兴先生尚健在外，都已经过世多年了，每想起当时抄大字报的情景来，就像是在眼前一样。

温锡增先生是 1957 年从美国回来的老留学生，其时他在美国一个大学当副教授，在祖国的召唤下，回国参加社会主义建设。可是他回来不久就赶上"反右"斗争。他刚回国，当然没有什么"问题"，但懵懵懂懂地开了近一年的会，因为我们哲学所的"反右运动"哩哩啦啦搞了一年，在这前后大概就搞不成什么专业的学术工作了。起初，他老先生很生气，想不通，时间一长，也只得认命了。

温先生的学问是很扎实的，古今中外的哲学和文化，都有相当好的基础。他的英语可以和金岳霖先生并驾齐驱，而金先生的英文好是出了名的。因为金先生年纪太大了，一个时期，我们所里是温先生英文第一，现在但愿有人已超过了他。他在美国住了 16 年，不但能说一口流利、地道的美国英语，而且能写一手漂亮的英文文章。温先生是河北人，但说起英文来没有家乡的口音，可见他下功夫之深。

温先生对中国的传统哲学和文化也有很高的修养，不但对中国哲学有专精的研究，而且雅好京剧、书法。他常跟我感叹，年轻时在北大当学生，正是杨小楼、余叔岩等名角经常登台献艺的时候，但因为没有钱，一次也没有看过，错过机会，引为终生遗憾。直到改革开放以后，他还经常抱怨，我们的广播电台播放老唱片的时间太少。

温先生自己的字，大概得自李北海，抄出来的大字报有碑的味道，因为李北海曾以行书刻碑，将行书放大开来写，李北海的《云麾碑》是很好的参考材料。温先生当然早就临过，只是他没有料到现在派上了大用场了。

有一天，当然是"文革"后期，我们已经回城以后的事，他看到我在读潘伯鹰的《中国书法简论》，非常坚持地要借去，我看他老先生真要读，就借给了他；过了些日子，他还了回来，又非常诚恳地说："很感谢你借我读这样好的书！"潘伯鹰这本书当然很好，不过当时这类书很少，所以温先生才有大旱逢甘霖之感。

和其他一切"老先生"一样，温锡增先生回国后主要做翻译工作，他译了斯宾诺莎、罗素的著作。据说他早已把罗素插图本《西方哲学史》译完交稿，但至今尚未出版问世，而温先生却已过世多年了。

我们研究室（组）的杨一之先生和温先生在出身上不太相同。杨先生出身名门，家学渊源，据说他的祖母自己出过诗集，所以杨先生大概从很小的时候就受到深厚的传统文化的熏陶，做起诗来得心应手，在格律和用典上很讲究。他年轻时出洋留学于欧洲各国，所以在中外的学问和外语的修养上，又和温先生相同。在语言方面，杨先生最擅长的是法语、德语，后来我听过他讲英语，也是不错的。杨先生一直从事德国古典哲学的研究，翻译了难度很大的黑格尔《大逻辑》，德语的功夫当然很深。我要补充的是杨先生大概对法语有特殊的感情。我刚到所里不久听过杨先生讲法语，觉得很好听；"文革"后期流行看"内部参考片"，我和杨先生看过法文原版片，那部片子没有同声翻译，而他老先生也有几十年不说、不听法语了，我唐突地问他："能懂吗？"他说："还行。"

杨先生写字可以称得上"书法艺术"了，他的行书写得漂亮极了，可以看出他临过许多的碑帖，不是随心所欲地写出来的。杨先生对自己的字也很重视，写信常用毛笔，有时也写点条幅，送过我一张，可惜多次搬家不知夹在什么书里了。就是在最近几天，有出版社找我帮他们认杨先生手稿中的一些字，我又见到杨先生那娟秀而工整的小行书，赞叹不已，力主将一个短篇自传以手迹影印出版。我敢说，现在的作者中，能写这样的手稿的人大概没有了。

管士滨、王玖兴两位先生属于聪明人的字的范围。当然，他们在写字上都下过相当的功夫，也非常爱好书法艺术，所以抄出来的大字报字迹都很秀气，当时属于好手之列。他们二位像温锡增一样，是从国外回来的老留学生。

　　管先生 1953 年还是 1954 年就从加拿大回国了，因为是学哲学的，而且还是研究基督教哲学的，刚回国时不好安排工作，幸亏有了周恩来总理《关于知识分子问题的报告》，就分配到哲学研究所来。那时候他还很年轻，我刚到所里时，他经常在所里打乒乓球；后来一起住在干面胡同大院，与贺先生、杨先生在一个楼里，我则和沈有鼎先生在平房住。

　　管先生外表平和文雅，内里是一个才情横溢的人。他喜欢诗和文学，不过大概主要不是中国的古诗，而是更喜欢洋诗、洋小说；我猜他自己也写诗，可能是新诗体，可惜我们都没有见到过。有了这种情趣，他的文笔秀丽无比，这有他的译著霍尔巴赫《自然的体系》为证。他原本是学基督教哲学的，为什么搞起法国 18 世纪的唯物论来？原来那时基督教哲学又难又没有需要，管先生法语好，就近就搞了法国唯物论，这在当时当然重要得多，或许还是当时领导分配他做的。

　　管先生还酷爱西洋古典音乐，小提琴的基本功很好，据说他的长子曾在专业乐团拉过提琴，后来制作提琴，还得过国际大奖，上过电视，底子我想是他父亲打下的。管先生特别喜欢莫扎特的曲子，有一阵似乎要把它收全了才罢休。

　　王玖兴先生回国比管先生晚一点，他是专攻德国哲学的。刚到所里时他想译一本存在主义的书，被领导否定了，要他翻译黑格尔的著作。于是王先生就和贺先生建立了几十年的合作关系，以对黑格尔著作的堪称经典的译文，载入我国学术的史册。

管先生在"文革"中似乎比较平稳，没有受到大的冲击；温先生还受到过一次大会批判，那是因为在下干校前清理办公室时他扔的一堆书里有当时的学习文件，被发现后当晚组织了一次临时特别批判大会，所以管先生大概是大字报抄手中的"常委"，而王先生则是时断时续。据说他在1949年前为了生活做过那时一个电台的业余编辑，经他手的文章有的经不住审查，电台的台长、主笔大概都找不到了，就找到王先生来审查。查得松一点时——那多半是抓"五一六分子"——前线吃紧的时候王先生就来抄大字报，查得紧起来，就不见他来抄了。

王先生对书法艺术的兴趣似乎比管先生更浓些，可能有时他自己还练练字，并一直留心翰墨。前几年他还兴致勃勃地收藏书家的字。

王先生已经80多岁了，现在据说在美国的女儿家小住，在庆祝王先生八十大寿开会时，我因躲避应酬，迟到了。王先生说没有听见你发言，我说，我要说的，除健康长寿外只有一句话：你"写"一本书吧。他懂了我的意思，握了握我的手。

我说这话是因为我认为王玖兴先生是很有自己思想的人。他中外哲学基础好，外文好，中文表达也很好，性格认真仔细，人称"久（玖）磨（兴）"，这样的条件，当然做出来的翻译与众不同；而且，王先生还是很富于哲学思想的人，他很有自己的见解，往往是很深刻的见解，这一点和他合作多年的贺先生跟我说过，我自己也深有亲身的体会。应该说，和我们室的老先生们聊，都能得到很多的帮助，有的是知识方面的，有的是为人方面的，有的是才情方面的，而每和王先生聊，总会给我许多的哲学思想方面的启发。于是，我断定，这多年王先生没有自己的学术专著问世，乃是时势所迫，长期以来"分配"给"老先生"们的任务就是"翻译"、"资料"方面的工作，久而久之，竟成习惯，所以我才有那个祝愿。王先生如有著作问世，当是学术之幸。届时，如蒙王先生不弃，我来替王先生的书写一个书名题签。

十三

说起写书签，在"文革"后期，我还真写过一个。

在河南明港干校时，听说任继愈先生要带一些人回北京写中国哲学史，学中国哲学的人都十分眼热，因为可以脱离干校回到北京了。不过好像不久，我们学部的干校就撤了，可能与林彪之死有些关系。这样，我们学部在干校的时间，若对比在北大来说，是相当短的了。我们干校条件也比北大去的地方好得多，尤其是到明港后为集中搞运动，不干农活的那一年，现在想起来，还是蛮"悠闲"的，的确也出了不少"智慧"，像"捕鱼捉蟹"，赶集游泳等等，甚至缝纫、烹调。一位男同事为自己做了一件军大衣；我在当炊事员期间，学会了做各种菜，特别是熏鱼，得另一位同事兼主厨之"真传"。

我们1972年就全体回到北京。这时候，任先生主编的书快修改完成了，要一个年轻一点的人写书名。当时人家告诉我，原先的书名是魏建功先生写的，我没有见过魏先生的字，也感谢任先生提拔后进，就答应了；不过当时如果看到了魏先生的原书签，说什么我也不敢写，这是我习字以来被采用的第一个书名题签。

要说我的字被公开印出来，则还要早得多。我刚到哲学所不久，有一次规模比较大的学术讨论会，讨论题目是关于"人民内部矛盾"的问题，在北海的庆宵楼开了几天，会后《哲学研究》杂志出一个专栏选登与会者的文章，这个通栏标题是我写的。据说是潘梓年（他当时是学部副主任兼哲学所所长）要让年轻人写的，就找到了我。那时我的字当然看不得，但因为印得非常模糊，遮了很大的丑。

前些年，我也应朋友之约写过一些书名，都不满意。特别是为齐如山一个选集写的，最拿不出手去。说也奇怪，越想写好点，越写不好，写了许许多多，仍然挑不出好的来，可见功力有限了。后来看到了台湾为齐如山出的全集本，那个题签写得笔力浑厚，不觉出了一身冷汗，再一看，原来是一位前辈写的，这才心里踏实下来。

写字很难，我深有体会。我自己的字有多大功夫，我自己也一清二楚。在我的回忆中，对于我自己的字，除了鼓励或客套的恭维话外，也很少有人夸我；而正面或侧面批评的倒不少。

我父亲在"文革"中后期，因为母亲故去，孤身一人在上海，唯一消遣是逛书店。那时书店已不像初期那样严，也有一些古书古碑帖出售，而且价格便宜得出奇，大概是因为"破四旧"余烈尚存，买这些东西的人很少之故。父亲过去顾不上买碑帖，这时候就量力地补上这一课。此期间，他买的碑帖可真不少，大部分还都寄到北京，让我临习、收藏。我在碑帖鉴别方面没有发言权，但他买的许多碑帖中，我想总有一些是珍品。譬如有一部碑拓《瘗鹤铭》，拓片可能是翻刻的，但封面里页有何绍基手书"瘗鹤铭"三个大字，并有署名、图章，我看很像何自己写的；当然，也有可能连拓片带何的字都是假的，因为何绍基学这个碑太有名了，造假的也就多。另一部赵子昂的《天冠山记》碑刻拓片裱装，在木板夹面上有刘春霖的题签和小章子，我小时候临过刘的小楷，这个题签决非伪物，我就把它用塑料纸蒙上，以后有空再用清漆涂上，以传永久。

由于买书、帖，我父亲在上海福州路书店里结交了一些书友，常拿一些字来评头论足。我父亲夹了些我的字让他们观赏，这些老先生倒是一点情面也不讲，说得很不客气，我父亲都一一写信告诉我，以令我戒骄戒躁。其实，也不光是写字，就是读书做学问，或者是自己的专业，我也时常处于不自信的境地。

我们这一代人在学问上有什么值得夸耀的呢？我们耽搁的时间太多了，能有多大学问？去年人民大学为苗力田先生八十大寿开庆祝会，我执弟子礼乘公共汽车与会。苗先生说，以前他听一位老先生（苗先生说了那人的名字，我忘了）自己说读书太少，吓了一跳，因为他觉得自己因战火纷乱，没得多少时间读书，如果老先生都说读书少，自己就更少；在座的学生们听苗先生说了后，也都吓了一跳，苗先生都说没有读多少书，我们又读了些什么！

　　我并不是说这种情绪会一代一代地传下去，我只是说如果任何事情都可以夸几句的话，只有读书、写字一点也夸不得。我曾和我的学生们说，我像他们那么大的时候，别的优点很少，如果有的话，"不骄傲"算是一个。我小时候总是处于如何"赶上"别人的地位，而不是"超越"别人的地位。这当然是我个人的特点，也是一个缺点，从这个缺点，我"总结"出一条"普遍"的"规律"：唯有年轻人要戒"狂"。我的理由一来是年纪轻容易犯狂，二来年纪轻正应吸收、学习，狂了就学不进去，不易进步；而到了老年，一生事业大体就绪，不再能进步了，这时候如有人触犯你，"嗤之以鼻"可矣。所以老年人可以狂狂；但凡欲"更上一层楼"的老年人，凡欲"活到老学到老"的老年人，仍要忌狂。

　　戒狂就是多看别人的优点。总体来说，我临帖很乱，因为我看每一种帖都有长处，都值得学；也都有不够的地方，就要用其他的帖来"纠"它，所以就像读书一样，总觉得读得不够，临得不够。有一年，我还在干面胡同住，楼里杨向奎先生的夫人尚树芝老师告诉我，既然喜欢写字，应该跟一位书法老师学。

　　真的，自从儿时我父亲和姨父教过我执笔后，我没有师从过书法家；说实在的，我连书家如何写字都没有见过，看到的都是他们的成品，他们到底怎样临池挥毫的，我没见过。只是有一阵子，在一位朋友家见过吴玉如老先生写字，觉得他写草书也很慢，很认真，这一点印象很深，但那只是很短的几次，绝不敢言"师承"的。

我的字当然不敢让老吴先生评判，但那个时候，小吴先生却看到过我写的字，而且记得他的中肯而又诙谐的批评。我这里说的"小吴先生"是吴小如（吴同宝）先生，他是玉如公的长子，我们背地里管父亲叫"老吴先生"，小如先生只得叫"小吴先生"了。

我在北大上学的时候就认识小吴先生，那时他早已是中文系的老师了。小吴先生学问渊博，尤其以收集京剧唱片著名。他自己唱老生，宗余（叔岩）唱陈宫。我在北大时，北大工会组织演出过《捉放曹》，他唱得很有韵味。我孤陋寡闻，那时不知道他也擅长书法。"文革"中他有时进城到我家来，那时我正热衷于裱字画，墙上贴满了我自己的字，有一次他指着一个字说，你以后要注意不要这样写，如果不知道你是在"创造"，会说你不会写了。我们都很喜欢小吴先生的风趣，其实我哪里是什么"创造"，硬是不会写呢。此后我就更加注意不让自己"随心所欲"地乱写了。

小吴先生肯定忘了他这个批评了，可是它使我受益良多。

读书和写字一样。说得极端一点，写字要有自己的新意，但又要"笔笔有来历"；读书也要有自己的新的体会和心得，但又要使自己的"话""句句有根据"，当然不是"句句是真理"；果真如此，则你的"新意"，也就成了"新的根据"，你就为书法艺术或学术文化的"根基"，做了"加厚"、"加宽"、"加长"、"加大"的工作了。

十四

"写字"写够了水平，就可以跻身"书法艺术"之列，而"书法"是我国以及受我国文化影响的周边国家一种特殊的文化现象，于是对于如何理解"书法"作为艺术的特点，我也有些话要说。

我 20 世纪 60 年代编书时写过一篇小文章，题目是《书法是一种艺术》。这个题目现在看来是一句废话，书法不仅当然是艺术，而且是改革开放以来很热的艺术；不过这个题目在当时大概还是有点意义的，因为文章发表以后才知道毛泽东主席曾有一句话，说"多一种艺术有什么不好"，可见当时书法算不算"艺术"是有疑问的。当然我这篇文章不是得了什么风声写的，而是自己出的题目。文章是说，"书法"作为"艺术"观，其内容不在"文字"的"意义"，而是另有"意义"在。这是一篇很短的小文章，发表在《文汇报》上，后来杭州吴战垒兄告诉我，他的老师夏承焘先生觉得写得不错。

后来我对书法艺术又积累了一些想法，主要觉得书法作品虽是静态的，但其精神实质则是动态的。由这里，我又觉得既是动态的，似乎与平常所说的"表演艺术"有相当的关系，于是，我就有了书法艺术是"纸上的舞蹈"、"凝固的舞蹈"这类想法。这就是后来在干校"天天读"时间偷偷写成的那篇论书法的长文章的主要意思。

所谓书法可作"表演艺术"观，并非提倡书法家都要当场表演写字技术。记得听一位台湾艺术家说，他不赞成临场作画、写字这类的中国传统的做法，他说西洋画家画一幅画要酝酿很久才动笔，而不是程式化地提笔就画、就写。这是中西艺术的某些区别所在，不必因彼废此。

不过，书法艺术既已"凝固"在"纸上"，则就理论思考来说，光指出它的动态性还是不够的，我们还要进一步阐明为什么已经"凝固"为静态的作品还能有动态的性质。这也就是说，要阐明凡"空间"的东西无不具有"时间性"，但这已是一个太深奥的理论问题了。为弥补理论上的空缺，我把前年为一个英文百科"书法艺术"条写的中文底稿附在下面，好在很短，以飨理论有兴趣的读者。

附录：中国书法

中国书法是"书写的艺术"（the art of handwriting）。"书写"之所以在中国能成为真正的艺术（fine art），乃植根于中国传统之思维方式。中国文字，从其产生的时代起，就不仅仅是传达文字的意义，而且有多种的功能，其所传递的"信息"（message，meaning），有哲学、伦理的内容，而且在笔画运行上有审美情趣（aesthetic judgment）在内。相传古人观鸟兽之迹、云彩之变幻而悟出"书写"之技艺，这说明中国书法有"超越""文字"内容的"形而上"的意义。

根据目前的资料，中国书法大成于商代。商代甲骨文保存了大量的书法艺术资料。甲骨文为占卜之记录，是宗教活动的一部分，但就当时刀刻及笔画痕迹来看，在笔法与刻法上也有一定的技巧，而骨片上文字之布局，已有疏密比例的考虑；这种书写技巧，到周代而全盛。

周代是中国礼乐大成时期，原本是实用器皿的钟鼎彝器，成为"王权"、"神权"以及社会地位的象征。在这些器皿上刻文字以记述主人之事功，成为流传数千年的特殊书法体裁"钟鼎文"。"钟鼎文"凝重而敦厚，与"甲骨文"之诡谲、奇特形成对比。在书写技术上，"钟鼎文"的笔法尚圆，而"甲骨文"多为尖笔。传世的周鼎像"毛公鼎"、"散氏盘"等，是中国书法史上的瑰宝。周鼎字体，史称"篆书"。

周代衰落，春秋战国期间，中国文字多不统一，秦始皇在政治上统一中国，文字亦归一致，是为小篆。小篆以规范的笔画来书写，便于提高书写技术，但也减少了变化多端的可能；不过，秦代出现了新字体隶书，可能是为官方行政文书的简便而创造的。隶书书写简捷，将中国毛笔的功能充分地发挥了出来，使"运笔"的重要性，更加突出，开辟了中国书法艺术的广阔前景。

隶书在汉代得到进一步发展，书写技巧成为文化阶层值得称道的技能，被载入史册的"善书者"，逐渐增多，其中有皇帝、宰相、文人、学者，"书法"和文学、绘画、音乐一样，成为社会公认的"艺术"。

随着行政公文的增多，汉代书法出现了"章草"，将隶书简化，更加快了书写的速度。在这种趋势下，出现了东汉的大书法家张芝，进一步发挥了"草"的功能，以抒发"书者"的情绪，增加了书法的艺术、审美特性。"草书"这种倾向，当时曾遭到批评，但因为它突出了书写的艺术性，而为社会所肯定，并在唐代有了更大的发展。

从汉代经魏晋到隋唐，是中国书法艺术发展的关键时期。在这个时期，中国书法体裁中，出现了楷书和行书，这样，中国书法艺术的基本体裁，遂告大成；而行书和楷书是魏晋、隋唐以来，中国文字用得最多的书体。

晋代王羲之，被称为中国的"书圣"，他在中国书法艺术史上的影响具有决定性的意义，尽管现在我们能看到的他的作品，都是仿制品。在中国的学术和艺术精神中，"最近的"也许正是"最远的"。王羲之主要作品《兰亭序》，有多种临本、复制本传世，风格并不尽同，但影响唐宋以下，未曾中断。王羲之的儿子王献之，在书法艺术上另有一格，书史上并称"二王"。

唐朝在中国历史上可谓发达、昌盛，在书法艺术上也很繁荣。这期间，真、草、隶、篆各种书体都有代表人物，都有杰出的艺术成就。隋唐交替之际，有虞世南、褚遂良，中唐有颜真卿、柳公权，在大草方面有张旭、释怀素，他们在中国书法艺术史上，名声显赫，成就辉煌。

中国书法进入宋代，进一步加重了"文人"（人文）习气，苏轼、黄庭坚等都是大诗人、大文学家，他们在行书方面做出了很大的贡献，可谓直接"二王"的传统和精神。

这种文人风格，到了元代，又有变化，文人的潇洒和庙堂的气象，结合了起来，而在双方都有所折中。于是，元代产生了赵子昂。就赵字的特点来说，虽有贵族气，但被文人的飘逸冲淡了，不够厚重；而虽有文人气，但也被贵族的富贵心遮蔽了，因此他的风格常常受到后世的批评。但就中国书法整体发展来看，他提倡复兴篆书和章草，无疑是有贡献的。

明、清两代，特别是清代，是中国书法综合发展的时代。随着"小学"的兴起，中国书法出现了"古典回归"的现象。一方面，在行书上，基本追踪"二王"；另一方面，力倡北魏碑和篆、隶，并逐渐将其引入行、楷，在晚清出现了像邓石如这样的大家。

中国社会进入现代，随着经济、政治等基础因素的变化，在文化方面受到了西方的严重冲击。然而在这种压力下，中国书法艺术像中流砥柱一样，岿然不动，屹立于艺术之林。因为中华民族是唯一将"书写"提高到真正"艺术"水平的民族。

中国人在进行书法艺术创作的同时，也对此种艺术进行了思考，有不少理论著作传世。中国不仅有"诗论"、"画论"、"乐论"、"剧论"，而且有"书论"。

中国书法是一种动态的艺术，一种纸上的舞蹈、空间的音乐。中国历代书家重视从现实世界飞动的韵律中，获取灵感，在书法的美学理论中，也强调"点画顾盼"的关系，而反对"平直如算子"。

中国书法理论非常丰富，最著名的有孙过庭的《书谱》、卫恒的《四体书势》、米芾的《书史》及清代包世臣的《艺舟双楫》和康有为的《广艺舟双楫》等。这些理论著作，都是在对具体作品的评判基础上提炼出来，理论家往往本身就是艺术家。当然，这和中国文化传统的哲学观念密切相关：着重在具体的字形中显现超越的气象和韵律。

书法作为艺术观，中国书家强调"运笔"和"结体"，相比之下，"运笔"重于"结体"。"结体"是空间性的，而"运笔"是时间性的。中国书法是在空间性"结体"中，显出时间性"运笔"来。

从远古以来，中国书法主要运用毛笔来书写，当然也伴随着铭刻的技法，而中国书法的"运笔"，犹如小提琴的"运弓"，通过"弓"和"弦"的韵律，演奏出美妙的音乐来。中国书法以"运笔"为核心，通过纸、墨、笔、砚所谓"文房四宝"写出美妙的字形来。

从这方面来看，中国书法艺术可称为"类（semi）表演艺术"，所以它也和中国戏曲艺术一样，表现出流派纷呈的局面。"流派"一方面表现出"个性",同样也具有一定的普遍性,有一批"追随者"。书法艺术中的流派称为"体",如唐朝的"颜体"、"柳体",元朝的"赵体",还有宋徽宗的"瘦金体"等。称得上"体"的,一般都可以作为入门学习书法的范本。

随着书写工具的变化,人们经常用钢笔、圆珠笔书写,于是近年出现了"硬笔书法"。人们按原有书法艺术的特点,克服硬笔的局限,成为现代更具普及性的书写艺术。

近代以来,中国书法处于新的社会条件下,得到了新的发展,也出现了新的问题。

由于中国书法艺术在自身的系统中,发展得相当成熟,书法作为艺术的创新,就遇到较大的问题。一部分书法家尝试发挥中国文字"象形"的特点,使书法向绘画靠拢,于是遂有"先锋书体"的出现。

另一方面,中国书法又日益"专业化",从而出现如何保持和提高专业水平的问题。中国古代长期以来,书法艺术是以广大文人学士的普遍的工作作为自己的存在方式,而非专业的工作;然而在现代分工的条件下,特别是在"电脑"写作普及以后,文人学士亲自书写的机会减少,书法艺术逐渐成为专业人员的事,而有些职业书家,其艺术或许尚未达到前辈非专业书家的水平。于是人们将从日益精良的印刷复制品中，得到更为高级的艺术满足，这是中国书法同时也是其他中国传统艺术所面临的一个问题。

1997 年 9 月 10 日

街上匾额观之不尽

　　中国书协"牌匾书法"这个题目，使我想起小时候在上海时，父亲经常带我去看戏，散戏回家，夜深人静，一路上父亲指点沿路店铺牌匾，一一评说。如今尚能记得沈尹默、吴湖帆题的笔店招牌，最多的大概要称谭泽闿，还有那武进唐驼的。上海虽是商业城市，店铺招牌也很讲究，所以这一路的评点，当然比看戏的印象还深。

　　来北京上学，对几个老字号的招牌还是很有印象，慢慢地新匾多了起来，像郭沫若的，是北京街上常见的。总的说，北京的匾政治家的比较多些，如今改革开放，情形又有所不同。

　　因为有小时候的习惯，我去香港、台湾，有机会也注意一下匾额。香港的店铺，洋文比较多，中文多用美术字。不过凡用手写体的，书法都很好，有些旅游点的牌匾书法则更不容小视。相反地，我去台湾所见到的匾额书法水平反倒一般。当然，无论港台，我去的时间都很短，另有公务，不能细细观察，所得印象很可能是错误的。

可以说，凡有华人的地方，其街面店铺、公共场所，不仅有美术字，而且有手写书法，美国、英国的唐人街，都不例外。

北京是中国首都，是文物荟萃的地方，把我们的街道、店铺、建筑物以及各旅游点用书法艺术装点起来，显示出中华文化的特色，是很有意义的事。国外的旅游点，当然有文字说明，但只是说事；我们的传统，要立块碑来说事，而此种碑上的书法，大多成了书法艺术的范本。如今旅游点的说明，也都学外国，只限说事，介绍一点情况，是否可以考虑适当立一些碑牌，请文人学士撰文记事，请书法家来写。这样将史（事）、诗（文）、书结合起来，费点事也值。

如今北京街面上的店铺招牌，有的写得太潦草，都妨碍了市容；字不好，宁可描美术字。现在大商场的招牌很讲究，小店铺太差，两极分化。大商场也有写得不太好的。街面招牌及广告，事关市容，有关部门在规划时不妨把牌匾字体的问题，也统一考虑进去。旅游点更应如此，要像贾政对大观园那样，何处有何牌匾，用什么名字，题什么词，都考虑周到。

另外还应考虑到风格统一问题。如今的建筑都很现代化，将来或许还有"后现代"的，样式的"怪"，再用过去适用于"皇家气派"的那种写法，不一定都能协调。有些建筑也许用大草书反倒能适应，可以试试。新的生活也会向书法家们提出新要求，挂在室内的也会有这个问题，要和家具陈设配合。

其实，外国人也不是不想装点他们的店铺，招牌上的字也是特殊设计的，墨西哥的高楼大厦上刻着（画着）他们最古老的图案。可是他们没有书法文化，我们有，我们中华民族对于文字的作用，发挥得最充分了，不但记事、表意、号令、指示……而且还审美。我们要充分利用这个传统。

（原载《书法通讯》1993年版）

在《中国书法》杂志座谈会上的发言

　　我是很喜欢书法的。不过这次来确实没什么新意思要说的。我写过点书,也写过点小文章谈书法,但多是外行话。书法我是外行,我是搞西方哲学的,也研究西方艺术、美学等,也与聂振斌一起搞过外国美学的编辑等等。我考虑我们现在的书法(当然我不谈创作方面的,书家都有很多创造啦),我们搞理论的究竟该如何理解书法?

　　我们现在面临一个任务,就是怎么样向世界、向别的民族人民来"说"我们的书法?因为过去多是我们自己"说",关起门来自己"说",容易懂。汉字文化应该包括怎么欣赏书法。这个汉字的字,不仅要懂它的意思,还要有形状方面的审美。做到这点对于我们这个民族包括汉字文化圈的人都不难,它是天生的,好说,说得通。跟没有这方面审美趣味,没有这方面传统(我们不说它高低)的民族怎么讲,讲得他觉得你们这个有点意思?这是我们搞理论的,尤其是搞西方思想的人的一个任务。

　　我觉得中国的传统——书法确实是国粹，因为绘画、戏剧等，西方都有。这样一个国粹也好，国宝也好，我们就是告诉人家：这是我们的国宝，我们要发扬它。那么外国人说：好了，那我们也该重视了。我觉得仅这样不够。就说你们没有，你们为什么没有？我们有，我们为什么有？我们有了，它的意思究竟在什么地方？你们缺这么个东西，那么为什么？说得明白些，就是你应该向我们学（当然这说得有点狂）。我们已经学习了人家好多东西，艺术的、思想的、科学技术的等等。在"说"书法时，我们要说得人家不是觉得猎奇（外国人很好奇）。我们把这个（书法）呈献给他，说这也是宝贝，非常宝贝，那么他也收藏，也悬挂了（甭管是倒着挂、正着挂、横着挂、竖着挂），也觉得这也是宝贝，中国的、东方的宝贝。但是，怎么成为他的、他也理解的宝贝？这个我觉得很难很难。当然这又不仅是我们搞理论的人的任务了，是整个文化交流的问题。

　　我认为不仅是书法，我们整个中国的古典艺术都如此。要让他觉得不仅仅是有意思、好玩（当然了，艺术它总是觉得有意思、好玩。比如演戏，骑个驴、画了大花脸，很好玩）。但这个好玩不是现在才开始的，多少年以前就有。比如什么德国人演中国戏啦，辅仁大学就有一个德国人演戏，演过花脸，还演过配角，也有照片留下，挺有意思的。现在就更多了，如什么留学生演中国戏等等。那么，他是不是真正理解我们的东西？不见得。这是一种欠缺。因为这不应仅是一个猎奇，我们应该让他们觉得：这东西我们确实还需要。别的方面，他们可类比的很多。譬如戏剧，他可以跟他们的戏比；绘画，他可以跟他们的绘画比。唯独书法，没处比，他们没有这个艺术种类。这也可能是一个很好的突破点。你们为什么没有这一行呢？他们就得反省了：我们的文字怎么没有成为艺术品？其实，他们曾经试探过的，他们那抄经的东西，那些抄经的花体字跟我们唐朝一样，都是那些写经生写的，教会那些拉丁文体都是抄的，跟现在的印刷体不一样。当今我们国内没有几个人认得那些手写体的拉丁文。像《尼布楚条约》，在中苏关系紧张时，我们中国社科院有一个人，他能认出，因为他在教会呆过，所以他能认出那些字。那是功夫，要讲技术，写它也有技术，是专职的，但它没有成为艺术品，哪一个外国人家里也没有挂一幅这种字。为什么？所以我们从这个突破点跟人去说，能引起人们的重视，所以书法这方面，我认为可做的文章很多。

西方古典的概念判断、推理、科学性的东西，它认为可以把一切变成符号，变成公式，把整个世界都数学化了、公式化了，是概念化的一个体系，科学就是一个概念化的体系。很多年以来，他们不赞成这个想法，觉得人人都变成科学家了、思想家了，对这个世界只有一种科学性的把握方式（包括伦理道德在内也一样）。一个教授就应当做教授该做的——教授，工人你也得符合做工的标准，当兵的就得勇敢、服从命令。一切都概念化，连伦理学都变成概念了，"活人"没有了。所以从 19 世纪后半叶到现在，20 世纪以来，西方人觉得他们讲的是死传统。现在西方哲学包括西方的形而上学，把活的东西变成死东西，是受科学和概念化的影响。概念就是个有定义的东西。人，也有定义（马克思主义有马克思主义的定义），但真正的人是活的呀，你定义不了的，他今天可以是农民，但明天，他就进城了，变成了城市户口了，可以变成工人。所以他们对活生生的人到底是否能把握，是一个问题。中国的传统，好像就是把握这个活生生的人。

那么，中国传统也有个问题。西方人有一个很明确的概念：人是一定要死的。从希腊以来，这是确定无疑的。许多东西都变成概念化、体系化的死东西。比如做个几何题的题目，当年欧几里得做是这个，现在人做也是一样的，它没有时间性，完全一样。西方人以为没有时间性，才能把思想保存下来。凡是你做的、古人做的事情，都一样，是永恒的。

所以他们认为只有思想是永恒的，个体的人是一定要死的。那么有一个问题，如果都变成抽象的、没有时间的思想，那不就都成了程式化、概念化了吗？人当然是要死的。那么你那个思想，它也是有时间的，随时代一点点变化的。你用逻辑把它框架起来，那只有在历代传下来的东西里面（所谓历史的有效性），即历史的作用里，它才是活的思想。而我们讲的是活的思想。人死掉了，你的思想靠什么活下来呢？靠文化，整个文化传统。文化传统是活的东西。我从这个意思觉得书法——字的艺术就是活的东西。

我看到一些书法文章（有些是我们美学界人写的），写得不错，说书法是线条的艺术，很好。但这个线条不是几何学的线条，几何学的线条是死的，它是划界线。书法，讲它是线条还不够，它是活动的，它不光是空间上划界线，在时间上是活的，就是说它是生命的延续。你说几何学有什么生命？它没有生命的跳动在里面。几何学整个一套程序是死的；书法是活的，它不能公式化，不能概念化。我以为西方人走到这一步，是在反他们的传统。他们不断地反他们的传统。从近代以来他们觉得以前的都不行，层层地反。西方反出来以后，能不能碰上我们东方的？几十年来，哲学领域已有不少大思想家突破了他们的传统，他未必自觉地研究东方的思想（也有自觉的，如叔本华、海德格尔。海德格尔到晚年才接受一点道教、佛教），但他们能碰上东方。

此时，我们来解释我们的整个古典艺术（包括戏剧、绘画，特别是书法），我们能不能向他们讲清楚：你们要找寻的东西，我们这儿有；你们丢掉的东西，我们有；你们觉得不够劲儿的，我们这劲儿比你们大。西方人觉得思想不是空洞的公式，是一种生命的东西，"活"的，这是十八九世纪以来逐渐产生的。所谓精神性的东西，我们曾批它为"唯心论"，其实，是一种活力，精神有神嘛。这种活力恰恰是我们整个文化里没有丢的，我们的文化就强调这东西。因此，我们对于书法的理解，你叫它是抽象的，又不大对头。外国人一见书法便说是抽象的，我说那不对。精神上完全不一样。那么你说那是具象的，我也不明白。用一般的西方概念来套不行。你若说它是符号，符号是象征，象征是什么？是一个东西象征另一个东西。可以说"这幅画是象征什么东西的"，可是书法并没有明确地象征另外一个东西。

你无论如何不能把"能指"和"所指"分开来。书法是"能指"，"所指"指的是什么意思？所以"能指"和"所指"不能分开来。你把书法"念"出来，把这个字念一遍，那不等于书法。恰恰这是西方原来的一些想法，很有意思，我们可以拿来研究。可现在他们自己也不大赞成这种分法：把"能指"和"所指"分开。"能指"有它自己的一套，"所指"就是逻辑的规律。我们讲的活的生命、活的思想，西方人现在正在找这些东西。柏拉图、亚里士多德的东西也都是活的。我们搞哲学的现在也注意到一个问题，他们的文字语言有毛病，不大好，太重视"所指"系统，整个抽象的思想意义的系统。西方人不要忘掉世界上还有相当一部分不是这个系统的，特别是要提到中国的系统。东方有东方的系统。正是在当前这种交融的情况下，我们要发扬我们的传统，但要用他们能懂的"话"来说，说得他们也能懂。

（原载《中国书法》1994 年第 2 期）

中国戏曲表演体系在世界戏剧表演流派中的地位

戏剧是表演艺术，是要由演员来表演的。话剧主要是语言的艺术，靠剧本的台词告诉观众发生了什么样的事，虽然话剧也很讲究形体动作的表现力，但和戏曲比较起来，话剧的语言的表现力更为优越，话剧的剧本是重要的，演员的表演一定要受剧本的规定性的制约，不可偏离。古希腊的悲喜剧，虽然世界上（包括中国）有些剧团仍努力演出，但对大多数人来说，主要已是案头的读物，西方戏剧作为文学而言，有其自身的独立性，无论莎士比亚、席勒、歌德、萧伯纳等，都有这个特点。

中国戏曲却不然，因为它是综合艺术，它的源头很多，发轫于民间艺术，具有广泛的群众性，它是老百姓喜闻乐见的艺术形式。虽然元明清时期也出现过不少大剧作家，他们所写的文学剧本，是我国文学中的瑰宝，至今仍是很好的案头读物。但中国戏曲的进一步发展，加强了舞台表演的因素，到了京剧，已不仅仅可作案头读物，而非到剧场亲聆演员之表演歌唱,不能领略京剧的真正趣味所在。同时也是因为戏曲严格的程式规范,一般作家难以熟悉了解,所以大量戏曲剧本的实际创作者是演员,剧作者只是提供一个脚本而已。往往剧本中很少的一段文字,到了舞台上一演,能被演员演出一段活色生香、趣味十足的戏来。戏曲这个综合艺术的中心是表演,是演员。过去很长时期以来,中国的老百姓最大的娱乐及消闲的方式就是看戏,至今在山西省许多村子都保存有金元时期的戏台,说明了戏曲的普及。老百姓看戏,主要的不是去看故事,而是看演员的表演。通过看戏,群众认识了生活;通过看戏,群众满足了自己对文化的需要;通过看戏,使没有文化的普通老百姓也能对我国的历史朝代、历史人物如数家珍,使几千年的历史让人们感觉到和自己仍然是息息相关,一脉相承。尽管戏剧和正史之间相距甚远,但人们正是通过戏曲这一最普及、广泛深入的视听教育,自然而快乐地把几千年的历史拉到自己身边,同时也把自己纳入到历史中去,获得一份亲切感和自豪感。这里不可忽视的一点是,群众的趣味决定着戏曲艺术发展的方向。道理很简单,戏就是演给人看的,所以观众的习尚好恶必然会对演员的表演有着重大的影响。梅兰芳在《中国京剧的表演艺术》一文中曾说戏曲是一种比较突出的综合性的戏曲艺术，"它不仅是一般地综合了音乐、舞蹈、美术、文学等因素的戏剧形式，而且是把歌唱、舞蹈、诗文、念白、武打、音乐伴奏以及人物造型（如扮相、穿着等）、切末道具等紧密地、巧妙地综合在一起的特殊的戏剧形式。这种综合性的特点主要是通过演员体现出来的，因而京剧舞台艺术中以演员为中心的特点，更加突出"；"中国观众除去要看剧中的故事内容而外，更着重看表演"；"群众的爱好程度，往往决定于演员的技术"。戏曲作为具有高度综合性的载歌载舞的艺术形式，它的一切成分都是通过演员的表演体现出来的，所以梅兰芳认为戏曲舞台艺术的特点就是以演员为中心。

戏曲艺术的特点，既然是它高度的综合性，而演员又是表演艺术的中心，所以对戏曲演员的培养训练是极其重要的。一般来说，戏曲演员从七八岁开始就接受训练了，特别着重于做工（即身段，包括形体的优美、肢体的灵活及动作的准确等）和唱工两个方面。表演艺术所包含的歌、舞、白、武打、表情等方面，各自拥有一整套的复杂而繁难的技巧（程式），演员从小就要学习它、掌握它。这个学习过程是漫长的，而且要十分刻苦，在呆板的反复锻炼中逐渐掌握这些用以进行艺术创造的基本功。戏曲表演特别强调师承，它通过口传心授代代相传，使得戏曲表演艺术绵延不断，流传至今。老师向徒弟传授技巧的同时，也传授对人物的体验，演员在掌握基本程式和运用规律之后，结合着自己对生活的体验和理解，灵活运用，就能跳出"刻模子"的阶段，创造出鲜活生动的艺术形象。也就是说，戏曲舞台形象是要以一定的技术做基础才能塑造出来的，为此，演员必须要接受长期的专门训练。但演员不可能每个人都会表演各种人物，所以又有了行当的划分，各种不同的行当在历史发展上各有不同的来源，也各有不同的基本功。而且都是很专门的，各有不同的技术要求，所以一个演员一般只能学习一门、掌握一种行当的表演技巧。

人们普遍认为，中国戏曲是写意的戏剧艺术，这是对应着西方戏剧的写实性而说的。黄佐临先生更把梅兰芳尊崇为中国戏曲最成熟最完美的代表，把梅兰芳表演体系与斯坦尼斯拉夫斯基体系、布莱希特体系并列为世界戏剧三大体系。他概括中国戏曲具有四大外部特征（流畅性、伸缩性、雕塑性、规范性），而其内在特征则可概括为写意性。他认为梅兰芳艺术的伟大之处就在于他把中国戏曲的特征通过他的表演实践发挥到了完美的极致，而成为中国戏曲的历史典范，作为一种戏剧风格的代表，屹立于世界艺术之林。

半个多世纪以前，梅兰芳出访欧美，他的表演风靡了西方，使西方观众叹为观止。梅兰芳的表演把他们带入了神奇的幻境，大开了眼界。许多西方戏剧艺术家、评论家都对梅兰芳的表演给予崇高的评价。

对以梅兰芳为代表的中国戏曲创作思想和创作原则，布莱希特认为："这种演技比较健康而且（依我们的看法）和人这个理智的动物更为相称，它要求演员具有更高的修养，更丰富的生活知识和经验，更敏锐的对社会价值的理解力。当然这里仍然要求创造性的工作，但它的质量比迷信幻觉的技巧要提高许多，因为它的创作已被提高到理性的高度。"[①]基于这种现实主义创作原则而以特殊的歌舞形式表演出来的生活，自然会比普通的实际生活更强烈、更高、更典型、更理想，也就更带有普遍性。戏曲的生活真实是用程式化的艺术真实来反映的。比如说感情的表达方式也是程式化了的。许多传统老戏中给我们显现出很多感情的公式，实际生活中的许多复杂的情绪都能被排入这些公式里。较之生活的自然形态，它是变了形的，好些细节被剔除了，表面上看，感情似乎被简单化了，然而它却更强烈、更确定，添上了几千年的经验的分量，遗貌取神的结果，感人的力量更深了。

---

① 转引自黄佐临：《梅兰芳、斯坦尼斯拉夫斯基、布莱希特戏剧观比较》。

　　大演员总是把外部技巧和内心体验有机地结合在一起，创造出鲜明的艺术形象。戏曲的表演把生活中本质的、有力的东西突现在观众的眼前。梅兰芳的表演使众多西方艺术家倾倒折服，就在于他能在程式的躯壳之中注入人物的思想感情，从而产生了不可抗拒的魅力。一个男性演员扮演中国古代妇女形象，为什么能体现出中国古代妇女富于特征的性格和神韵的美，正如美国人斯达克·杨解释的那样："梅兰芳并没有企图模仿女子。他旨在发现和再创造妇女的动作、情感的节奏、优雅、意志的力量、魅力、活泼或温柔的某些本质的特征，而以舞蹈方式再现，诗意盎然。"①另一位美国人阿瑟卢尔说："他所扮演的不是一般妇女的形象，而是中国概念中的永恒的女性化身。处处象征化，却具有特定和使人易了解的含义。"②（他们都以一个艺术家的敏感发现了中国传统戏曲表演的形神兼备的巨大艺术力量。）梅兰芳的艺术无疑地超越了东西方之间存在的障碍，而成为世界艺术宝库中最珍贵的财富。文艺评论家布鲁克斯·阿特金逊惊叹："语言上的障碍，若同完全异国情调的艺术的障碍相比，则变得微不足道了，这种艺术具有它独特的风格和规范，犹如青山一般古

---

① 转引自黄佐临：《梅兰芳、斯坦尼斯拉夫斯基、布莱希特戏剧观比较》。
② 转引自梅绍武：《我的父亲梅兰芳》。

老……但它却像中国的古瓷瓶和挂毯一样优美。如果你能摆脱仅因它与众不同而就认为它可笑的浅薄错觉，你就能开始欣赏它的哑剧和服装的精美之处，你还会依稀觉得自己不是在与瞬息即逝的感觉相接触，而是与那经过几个世纪千锤百炼而取得的奇特而成熟的经验相接触。"[①]

以演员为中心是中国戏曲的一个重要戏剧现象，在这样的背景条件下，梅兰芳十分注重表演艺术的统一完整性。他在《舞台生活四十年》中，曾说过："我对舞台上的艺术，一向是采取平衡发展的方式，不主张强调某一部分的特点。这是我几十年来一贯的作风。"他在和谐平衡中求美，塑造出一个又一个美的形象。戏曲演员深知观众的心理，有些戏，观众对其情节早已烂熟于胸，却还百看不厌，主要就是为了欣赏演员的高超技艺来的。戏曲演员的艺术创造离不开美，甚至对一些丑恶现象也要予以美化，竭力避免给观众以感官上的刺激。最典型的例子莫过于梅兰芳演出的《贵妃醉酒》了。他谈到创造这一形象时说："一个喝醉酒的人实际上是呕吐狼藉、东倒西歪、令人厌恶而不美观的；舞台上的醉人，就不能做得让人讨厌。应该着重姿态的曼妙、歌舞的合拍，

[①] 转引自梅绍武：《我的父亲梅兰芳》。

使观众能够得到美感。"①梅兰芳的另一出代表作《宇宙锋》中女主角赵艳容以装疯对父亲的无耻行径进行反抗。梅兰芳也能按照剧情的规定情境和人物的活动,用美的形式描摹出疯的形态。他是基于这样的认识:"中国的古典歌舞剧,和其他艺术形式一样,是有其美学的基础的。忽略了这一点,就会失去了艺术上的光彩。不论剧中人是真疯或者假疯,在舞台上的一切动作,都要顾到姿态上的美。"②这种对美的追求,不是形式主义,而是给生活以艺术的升华,是细腻深入的内心体验与优美造型的和谐的统一,美的形式是为了更强烈、更鲜明地显示它的内容。

梅兰芳在《游园惊梦》中塑造的杜丽娘,就是一个十分完美的艺术形象。他以优美悦目的身段动作和对角色思想感情的细致入微的体验,把杜丽娘这个怀春少女的心态刻画得非常生动传神。同是表现杜丽娘的怀春,在"游园"和"惊梦"中的表现就不相同。在"游园"中,他表演得很含蓄,撩人的春色,使这位豆蔻年华的闺阁少女心中产生了一种萌动。一种朦胧的渴望,不愿辜负这良辰美景。但从小就受到封建礼教教育的她,又怎能放浪形骸之外呢?这场戏中,她

---

① 梅兰芳《舞台生活四十年》。

② 同上。

的动作很文静，既脉脉含情又拘谨羞涩，郁闷沉静的外表掩盖了她内心感情的冲动。"游园"中的杜丽娘只是少女的"春困"而非少妇的"思春"，在这一规定情境中着重表现的是杜丽娘纯情少女的心态。而在"惊梦"中，梅兰芳表演的层次就进一步发展为比较外露，削弱了含蓄收敛的成分。可能是因为在梦中，在一个幻想中的不受任何约束的世界里，杜丽娘得到了实现真正自我的自由，她可以畅快地呼吸，自在地追求了。梅兰芳的表演是，神色略带迷惘，眼神中流露出少女的娇媚，在柳梦梅的牵引下，她似醉如痴，面带幸福娇憨的微笑，飘然而逝。在这里梅兰芳表现的不是生活中自然感情的流露，而是高度提炼了的诗化的感情，通过精雕细刻的艺术手段外化成可见可感的艺术表现，不仅使观众看得懂，而且还能得到美的享受。

在《穆桂英挂帅》中，梅兰芳塑造了一个穆桂英的英雄形象。穆桂英在激烈的思想斗争之后，下定决心挂帅出征，捧印时坚定凝重的表情、明快轩昂的身段动作，把穆桂英的大将风度、爱国激情表现得完美动人，传神的表演同样给人以美的艺术感受。他塑造的形象都具有鲜明的个性色彩，而且在揭示人物内心复杂的情感世界时层次分明，分寸感很强。

梅兰芳塑造艺术典型时，不仅注意形象姿态上的美，而且也很注意形象在整个舞台画面中的地位。在舞台画面的构图中也要显示出形象的美。他的表演重传神、重写意，不在于形态上的"真"，而在于神态上的"活"。他的表演所以能达到最完美的境界，就在于能点染出角色的活的神情，角色在特定环境下特有的活的神态。他能够在剧情发展中带有关键性的瞬间，通过简练的优美的动作，深刻地剖示出角色的精神状态，那突出的凝神的几笔，常使观众印象深刻、难以忘怀。

梅兰芳的表演从内容到形式，一切都结合得那样和谐自然，无处不照顾到美，他曾说过："古典歌舞剧的演员负着两重任务，除了很切合剧情地扮演那个人物之外，还有把优美的舞蹈加以体现的责任。"这样的表演，不仅使观众能欣赏到美，而且从美的感受中去理解认识生活、创造美的形象，要有造型的美，要有具备欣赏价值的美的表情，这样的舞台形象既真实感人，又耐人寻味。

梅兰芳的表演艺术代表着中国戏曲的一个时代的高峰。他把歌、舞、剧三者紧密地结合在一起，这三种艺术相互之间完全没有界限，浑然一体而不可分。他在舞台上用自己的表演绘制出了一幅幅优美的图画，容貌、服装、舞姿、身段，无处不精美、高雅，而且又是那么和谐自然。说他是美的创造者、美的化身是十分恰切的。

我们认为，梅兰芳的表演艺术博大精深，它全面地显示了中国古典美的理想境界，反映了中华民族传统的美学追求。所以仅用"梅派"是包容不了的，从他的表演艺术中可以去探索出中国戏曲表演具有永恒魅力的奥秘。以梅兰芳为代表的中国戏曲（舞台）表演体系，以其凝聚了深厚的历史传统和个人的天才创造而进入世界戏剧舞台艺术之林，中国戏曲以其处理演员与角色的特殊方式启发了其他国家的戏剧大师。

我们知道，西方戏剧对演员与角色的关系有过自己多方面的探索。亚里士多德《诗学》研究的是这个问题，在更早的荷马史诗时期行吟诗人也要揣摩诗中某些人物的声腔姿态，用以助兴。法国自近代以来，是西欧的文艺之邦，百科全书派首领狄德罗曾写过专门论述演员艺术的论文，主题就是那个著名的"演员的悖论"，从正反两方面提出了演员与角色之间的矛盾问题，使表演艺术中体验派与表现派的对立逐渐明朗起来。

就艺术创作言，演员面对着一个十分困难的任务：演员自身为一个活生生的人，而要去"表演"另一个活生生的人，如何把二者统一起来，就是个特殊任务和工作。由于有这种矛盾和对立，在处理相互的关系时，就会有所侧重：有侧重角色的，也有侧重演员的。侧重角色的，把演员的"自我"压抑下去，融入角色的"他人"之中，自我的经验，自我的思想、感情，都作为体现角色经验和思想感情的工具；侧重演员的，则保持住演员自身的独立性，以理智的态度对待角色，演员的自我以角色之"见证人"身份出现，将角色解剖出来，因而表演中体现出演员对角色的态度来。

关于演员艺术中这两种倾向，在欧洲戏剧舞台实践中都有杰出的代表人物，以丰富的艺术实践来"证明"一种思想上的态度、理论上的观点。

苏联伟大的戏剧艺术家斯坦尼斯拉夫斯基（1863～1938）是对我国戏剧艺术（包括话剧和戏曲）有很大影响的人物。他在1929年建立"莫斯科艺术剧院"，实验他的艺术主张。斯氏体系以"角色"为中心，把舞台上表现剧本所提供、规定的各角色的活的思想感情作为演员的"最高任务"。为了完成这个任务，演员必须进行多种心理和形体的训练，以便随时可以"进入角色"。斯氏要求演员经过刻苦的锻炼，以"角色"的活的思想感情为自己的"第二天性"，成为"第二自我"，而在表演时，演员的"第一自我"要消失在"第二自我"之中。在这种思想指导下，斯氏固然也强调演员在准备、排练过程中，必须对角色的个性、特点和具体环境（规定情景）做理性的分析；但在演出时，则不仅仅是理性的分析在起作用，而要求演员以全身心来体验角色，因而是以一种综合性的、理性与感性相统一的活生生的态度来对待角色。从这个角度说，相比之下，斯氏体系更加重视体验角色的"内心世界"，因而强调演员训练的"心理技术"。斯氏的实验，在演出契诃夫的《海鸥》一剧时取得了巨大的成功。因为契诃夫的作品本无王公贵胄、豪华场面吸引观众，但却善于描写、刻画普通人的日常生活和内心世界，所以当契诃夫看到斯氏导演的《海鸥》后，感到正是自己所要表达的意思，因而非常激动。

我们看到，斯氏体系是欧洲戏剧在"模仿"说指导下长期发展的一次大总结、大发展、大提高。他的艺术实验，不但使体验派思想得到系统化、明晰化，而且有一套行之有效的艺术性技术训练来具体化这些思想。斯氏体系对欧洲戏剧文化方面的伟大贡献，是永放光芒的。可以说，只要有戏剧的表演在，自觉不自觉地就会有斯氏体系的影子在，任何演员都不能回避斯氏所提出的原则。

然而，角色是活的，演员也是活的；一个"自我"，不可能完全成为"另一个""自我"，因而斯氏的体系是一个永远完成不了的"任务"。"角色"始终是演员的"界限","演员"只能以自己的生活经验去"体验"规定情景中的"角色"的经验，因而永远不能完全摆脱"自我"的"烙印"和"痕迹"，仍然是"有一千个演员，就有一千个哈姆雷特"。"自我"不能完全消失于"他人"之中。这样，斯氏体系自身也存在着理论与实践上的某些矛盾。在实践上，斯氏不可能完全使演员的"自我"完全"躲藏"起来，而以分析的态度允许演员演出风格的"个性"，但在理论上，却取消了这种艺术风格个性的合法性，从而压抑着演员艺术本身的创造性。

　　与此相对，布莱希特（1898～1956）的表演体系则将重心从"角色"移向了"演员"，强调了演员的独立自主性。演员与角色的关系不是"角色""吃掉""演员"，而是"演员""吃掉""角色"；不是演员去"体验"角色的活的思想感情，而是去"理解"角色的思想、行动的"意义"，揭示这种"意义"，以"告诉"观众。在布莱希特体系看来，演员不但不能完全压抑自己的自我，而且不应该压抑它。我们必须老老实实承认"角色"永远是一个"对象"，"演员"不可能完全成为"角色"。恰恰因为"角色"是一个"对象"，我们"演员"才有可能"理解"它、揭示它的"意义"。因此布莱希特主张演员应以理解、冷静的态度，分析"角色"，"研究"它的多方面的关系，把握其社会之意义，而不是从情感上与"角色"混为一体，不是去"拥抱"角色。这样，角色与演员之间永远有一个"距离"，艺术的作用不是"缩短"或"取消"这个距离，而是保持这个距离，让观众清楚地意识到自己是在"看""戏"，因而不拒绝运用自己的理智，保持自身的批判能力，而不必像斯氏那样要使观众产生"生活的幻觉"。

布莱希特早年受德国表现主义艺术思潮影响。不过，他的表演体系适应了当时对资本主义社会进行批判的需要，他的戏剧舞台带有明显的社会变革的意义，影响很大，曾经使十月革命后苏联戏剧出现了像梅耶荷德这样的导演，尽管梅耶荷德曾是斯坦尼斯拉夫斯基的学生。

我们看到，无论是斯氏体验派或布氏表现派，在演员和角色之外，"演员""进入""角色"，在布氏体系中帮助"演员""理解""角色"。如果说，"演员"为"我"，"角色"为"他"，"导演"则是"你"，"你"在"我"与"他"之间。"你"在斯氏体系中是"沟通"的环节，在布氏体系中是"阻隔"的环节。前者是"引路人"，后者为"教导者"；前者可以"功成身退"，后者则往往需要"现身说法"。布莱希特的"叙事戏"（epic theatre），就是"导演"或"剧作家"作为"叙说者"直接出现在舞台上。

　　然而，"他人"是不能够完全作为一个"对象"来"理解"的。"他人"不是"物"，因而不是一个抽象的概念所能概括得了的。社会的批判，固然是很重要的，但舞台上的"工人"、"资本家"，同样也不是概念的化身。现代资本主义工业化把人分成了碎片，但在生活中，人还总是活生生的。这样，概念的"他"不可能在戏剧舞台上成为生动的形象，于是真正能吸引观众的，则是"导演"通过"演员"表现出来的那个艺术家的"自我"。我们看到，布莱希特的戏往往是自编自导，集剧作家与演员于一身。布莱希特有许多剧本传世，像《伽利略传》、《大胆妈妈和她的孩子们》、《高加索灰阑记》等都很有名。作为剧作家，他的作品包括人物、情节，都为表现他自己的某种思想服务；作为导演、"演员"则也为表现他自己的某些观念服务，成了表达他作为艺术家布莱希特的思想感情的手段和工具。所以他的戏，具有相当高层次的思想性和哲理性，一切故事情节、人物角色、演员、道具，甚至灯光布景，都为集中表达一个伟大艺术家的思想情感而得到应有的处理——包括各种夸张、变形、自由错乱时序等艺术手法，都可在舞台上出现。就其艺术家自我的表现言，布莱希特的体系又不仅是"叙事的"，而且也是"抒情的"（lyric），有一种抒情诗的境界。

　　欧洲舞台上这两种表演体系，虽说是一种艺术风格和流派上的具体分歧，但却是和欧洲文化传统的一种思想倾向有相当关系的。我们看到，斯坦尼斯拉夫斯基要求"演员""进入角色"，以自己的"心灵"与角色的"心灵"相感应，是基于相信人与人之间有一种直觉式的交流，"他人"的活的思想感情是可以被"我""感觉"到的。布莱希特的体系要"演员"（"观众"）都用一种理智的态度，和"戏"拉开"距离"，意味着"他人"只有作为客观的"对象"，才能用理智加以理解。在两种表演体系中，感觉和理智是被分离开来的，至少在完成的作品形态（演出、舞台艺术）上是被分离开来的。而被分离开来的理智和感觉，只有在"思想"形式上才能做到，在"实际"形式上是做不到的。这就是说，在实际的人生中，"我"与"他"是一种实际的"交往"，感觉和理智是不可能截然分开的。"我"既不能像"精灵"那样"钻入""他"的思想（"心"）里，真的成为"他"（第二天性、第二自我）；同样，"我"也不是"纯思"的存在，以概念的体系，将"他"作为"对象"来把握。在实际生活中，"他"与"我"是处于一种具体的、辩证的"交往"之中，因而有着辩证的"同"、"异"关系。中国的戏曲艺术，在处理"演员"与"角色"关系时，正是遵守着生活本身所显示的、所提供的这样一个活的、辩证的原则，将理智与感觉二者结合起来考察，而未尝有所偏废。中国戏曲载歌载舞的综合形式，对感性与理性之间的关系起着凝聚的作用，而不是使之各走极端。

本来，歌唱（音乐）和舞蹈作为艺术观，本身就调节着人的情感与理智的协调关系，使奔放的情绪、感觉有所约束，使有规则的形式有充实的内容。这个原则与戏剧的人物动作和对话相结合，就使演员与角色的关系既非单纯表现"角色"，又非单纯表现"演员"；既是"角色"规范了"演员"，又是"演员"在"表演角色"。西方人执着地问，到底是"演员"在台上"说话"、"行动"，还是"角色"在"谈话"、"动作"？到底是"谁""说话"、"行动"？中国戏曲表演原则所作出的回答是最为朴素的：是"演员"在"演""角色"，是"梅兰芳"在"演""穆桂英"。很显然，"穆桂英"固然曾经"挂帅"，但不会在舞台上又唱、又做，是"梅兰芳"在唱、做、念、打。观众到剧场去看"戏"，严格说来，既不是看"梅兰芳"，也不是看"穆桂英"。要单纯地"看""梅兰芳"或单纯地看"穆桂英"，都不要到剧场去，到剧场去不是看"谁"，而是看"什么"，看的是"戏"，看的是一件"事"。这样，"梅兰芳"作为"演员"，"穆桂英"作为

"角色"，这两个"谁"都不可少。这两个"谁"结合起来就成了一件"事"。"什么""事"？是"（做）戏"，看的是"表演"，看的是一件艺术品，而不仅是艺术家这个"人"，也不仅是他的"素材"人物、角色。中国古典戏曲表演原则将提问的问题从"谁"改变成了"什么"，解决了戏剧艺术的一个大问题，即观众到剧场既不是看"演员"这个"人"，也不是看"角色"这个"人"，而是看一种特殊的"事"——艺术、戏。我们问观众在剧场中"看"到了"什么"？却不问他们"看"到了"谁"？甚至这个"什么"，主要不是指故事的情节，而是看到了"演员"的"表演""艺术"。其实，戏剧舞台艺术中的这个问题，对其他一切艺术来说，也都是有意义的。我们"看"凡·高画的《向日葵》既不是"看"到了"凡·高"，也不是"看"到了"向日葵"，而是"看"到了那幅画，那幅"艺术品"，"看"到了"艺术"。在回答"看到了""什么"这个问题时，我们只能不厌其详地说"看到了凡·高画的《向日葵》"，就像回答说"看到了梅兰芳演的《穆桂英挂帅》"一样。

这样说来，我们似乎可以说，斯坦尼斯拉夫斯基体系和布莱希特体系尽管各有千秋而极不相同，但他们似乎都希望观众到剧场看到了"谁"——无论是角色也好，演员也好，导演也好，剧作家也好，总要"看到"一个"谁"。而只有以梅兰芳为代表的中国戏曲体系，要观众到剧场去"看"一件"事"，一件艺术性的"事"——"戏"、"表演"，去"看""艺术"。在改变了问题的重心之后，其他一切诸多"理智"、"情感"、"距离"、"移情"、"进入角色"等也都有了各自在表演艺术中的恰当的地位，获得了新的理解、新的意义和新的生命。这样，我们也就不难理解，为什么艺术风格上各自对立的两大表演体系的创造者斯坦尼斯拉夫斯基和布莱希特，几乎都以同样的热情来赞扬梅兰芳的表演艺术，而且同样以艺术家的虔诚态度对梅兰芳表演中体现出来的中国戏曲表演原则做出了严肃认真的研究，并有各自的深刻体会。从这个事例中，我们也可以看出，拥有数千年历史的中国传统艺术的古典主义精神，以它博大精深、兼容并蓄的美学原则，成为世界艺术宝库中取之不尽、用之不竭的艺术原型，对于西方资本主义社会中爱走极端的各种艺术倾向来说，提供了一个可以信赖的准则，并可为一切愿意作认真思考的美学理论家提供佐证，也能激发他们进一步的探索。

（原载曹其敏著《戏剧美学》，159～178页，

人民出版社，北京，1991年10月）

论中国戏剧中的歌舞

就传统来说，中国戏剧一直保留着歌舞成分。"载歌载舞"成为中国戏剧的不可分割的部分，所以中国戏剧也概括称为"戏曲"。"戏"为其"舞蹈"、"动作"部分，而"曲"则是其"歌唱"部分，从"诗"、"词"发展而来，而"诗"、"词"原本也是要"唱"出来的。

西方的戏剧，原本也是有歌舞的。这个特点我们可以从保留下来的有关希腊古代戏剧节的资料中看出来，从留下的剧本作品中也可以看到有"合唱"的部分，类似我国川剧的伴唱。但是这种歌舞的因素后来逐渐地弱化了，慢慢地归于消失，并又由音调铿锵的"诗剧"，演变成所谓的"话剧"，则只是"模仿"实际生活上的"对话"（dialogue）了。

东西双方在戏剧艺术形式上的发展分歧，过去常以社会的、历史的原因去解释，这当然是很重要的，很值得继续深入地研究下去；不过同时，我觉得还有艺术上，甚至是思想传统上的因素应该考虑进去。

在中西艺术的比较方面，过去我们常说，西方艺术重"再现"（representation），中国艺术则强调"表现"（expression），这也都有相当的道理；不过，并不是因为中国艺术重"表现"，就特别强调"自我"。恰恰相反，在中国的思想传统中，像西方近代的那种"自我"，是不很突出的。但中国艺术的确并不强调"再现"、"模仿"（imitation），故中国艺术（包括中国戏剧）的特点要另寻思路。我们从中国戏剧一直保留了浓厚的歌舞成分这个事实中似乎可以得到一点启发。

"戏剧"是多层次的艺术，有"故事情节"，有"人物性格"，当然也有"演员表演"等等。这样就有多种选择的可能性，有强调"故事情节"的，有强调"人物性格"的，也会有强调"演员表演"的。就世界各民族艺术历史发展来看，随他们各自不同的思想倾向，侧重点也会有所不同。我想，我们中国的传统是侧重在"演员表演"的，而最能发挥演员表演的，莫过于歌舞。

中国"戏剧"中的"歌舞"把戏剧中的"故事情节"、"人物性格"以及"演员"的"自我"都涵盖进去了，我觉得，这个作用是非常重大的。

一方面，戏剧中的歌舞可以把"故事情节"、"人物性格""烘托"出来，使它们"有声有色"，使"演员"也有更充分的"表现"的机会。然而从另一方面来看，戏剧中的歌舞对"故事情节"、"人物性格"甚至"演员表演"又都有一种"限制"、"规范"作用。因为有"歌舞"因素的"制约"，"故事情节"（戏剧侧重在"矛盾冲突"）不能（不必）过于细节性地展开，"人物性格"往往会有"类型化"的趋向，就连"演员表演"也因有"歌舞""程式"的规范，不能充分"表现""自我"。就某种意义说，中国戏剧中的"歌舞"因素，"淡化"了"故事情节"、"人物性格"甚至"演员表演"。

　　我想说，中国戏剧中"歌舞"的"淡化"作用，并不完全是消极的。有"被淡化"的，就有"被强化"的。中国戏剧"淡化"了"故事情节"、"人物性格"以及"演员自我"，那么，"被强化"的又是些什么？

　　我觉得，中国戏剧在"淡化"、"弱化"了"故事情节"、"人物性格""演员自我"之后，"强化"了艺术的"气韵"、"韵味"、"气象"、"境界"、"意境"，这些对中国艺术来说是最精髓的东西。我把这些（"范畴"）叫做艺术的"超越"的部分，恰恰是这些部分才最能体现中国艺术的"形而上"的意义。

　　譬如，我们常说，余叔岩的演唱最具"韵味"。这里所谓"韵味"并非只是指一种"快感",不只是"感觉"的,而且也是"思想"的。于是,"韵味"(有味儿)并不只是"悦耳",而且也"赏心"。"韵味"是"超出""故事情节"、"人物性格"甚至"演员自我"部分之外的东西。又譬如,我们说,杨小楼的武生演得是"气象万千"。这里的"气象",也显然不是指"天气预报",而是"超出"了"冷暖"、"寒暑"之外的一种"审美"的"感受(感应)",不仅涉及"感觉",而且涉及"思想(心思)"。

其实,中国的一切艺术,如诗、词、歌、赋以及绘画、雕塑等等,无不具有或强调这种"形而上"的"意味",只是在中国的戏剧里,以"歌舞"的形式把它固定下来,使之更加突出,更具"程式化"的特点。从这个方面来说,中国艺术的"超越"意义,不在那"看不见"、"摸不着"的"思想"之中,而在那些"可视"、"可听"的"歌舞""表演"之中。

从中国戏剧"载歌载舞"的特点看,也许我们可以进一步说,中国艺术的"超越"的"形而上"的意义,又不是很"玄(暗)"的,而是在"明"处的。中国的艺术传统比较强调通过可视、可听的形式(譬如歌舞)来表达"超乎""形"、"器"之"上"、之"外"的"意味"。

这样,中国戏剧就不但是"诗"、"史"、"思"的结合,而且还是通过"歌舞"来使这三者结合起来的。从这个意思来看,"歌舞"在中国戏剧里的重要意义是确定无疑了。所以,中国戏剧不但一心保留,而且大力去发扬这种"载歌载舞"的形式也就不仅是由外在条件决定的,而且有深刻的思想和艺术的理由的。

(原载《戏剧电影报》1997年7月17日)

京剧的不朽魅力

　　古典艺术有不朽的、永恒的魅力①，这是马克思的意见。对于马克思这个思想，我们研究、体会得太少了。

　　"不朽的"和"有（要、会）死的"相对应。马克思说的这段话里的"艺术"，是指古代希腊的艺术。在希腊，"不朽的"是指"神（圣）的"，而"（凡）人"则总是"有死的"；"神"比"人"活得更长，更有生命力。

　　艺术当然要有生命力，而这个生命力不是个人的，个人的生命总是短促的，但是艺术的生命却可以大于、长于个人的。在这个意义上，我们说，艺术有永久的生命力，也就是说，只要有人在，艺术总会开显它的意义，总是有吸引力——魅力的。在这个意义上，艺术比个人更"神圣"。

　　古典的、真正的艺术为什么会比个人的生命更长、更持久？

――――――――――
① 参见《〈政治经济学批判〉导言》，见《马克思恩格斯选集》，2版，第2
　　卷，28～30页，人民出版社，北京，1995。

　　艺术品作为一件物品，它有物的属性，而它作为艺术性的物品，还有它超出物性之外、之上的文化、精神意义在，这种精神文化的意义，更具涵盖性，因而就更加经久。

　　过去以为，你如果说艺术的意义是永恒的，那么就一定是超时空的，是没有变化的；事实上，艺术的意义具有永久性，不一定就是凝固的，一成不变的，这正是强调了它在时空中的绵延性，只是说绵延有大有小，有长有短。我国古人有很好的词汇来说这种情形，叫大年、小年。相对于一个人，甚至一个群体、一个时代来说，古典艺术的绵延是大年，是高寿。它不是超时空的，而却可以是跨时空的。

　　经典的、古典的艺术作品为什么会比一个人、一个群体活得更长？原因当然很多，不过我想，这跟艺术作品作为非直接实用工具的这一特性有关，艺术作品因不被直接实用而得享大年。

　　现在我们回到这次讨论的题目。

　　过去我们对于京剧常持一种急切的功利态度，因为它不能马上服务于一个社会的目标，就责怪它，并改变它使之适应这个目标。这样的态度和在这个态度指导下所做的工作已经有很长的一段时间了，积累了许多宝贵的经验，也有一些教训。

　　上海翁思再先生把百年来关于京剧的各方面的文章选编

汇集成册,以王元化先生的研究论文做引言,洋洋两卷,为我们的研讨提供了很大的方便。

在这个汇编里,我们读到我们的前贤致力社会改革的同时,对京剧所做出的判断研究和提出的要求,也看到针锋相对的辩驳和对京剧艺术特性的维护。我们对先辈的激情、敏锐和学养智慧,怀有真诚的崇敬。

作为后代,我们所要补充说的是他们的某些激烈的看法,乃出于把京剧这种古典的艺术,当作了一种社会改革的直接的工具,于是就觉得它很不适应;而当时因京剧自身发展的进程,却正处于兴盛时期,这种反差,致使当时推动社会改革的志士仁人,把它作为一种社会风尚来批评,自是事出有因。

京剧的晚出,使其作为一个社会时尚,受到了批评,乃是一个时代的错位,不是一个谁是谁非的问题。

京剧本不仅是一种时尚,因而它也不是社会改革的直接的工具;即使就时尚、工具来说,它是大时尚、大工具,不是小时尚、小工具。

就京剧诞生之日起,就有想把它当成小工具、小时尚的。清朝的一些皇帝大概就有这种打算,推动了一些清装戏。事实上,这个工具并不很灵;而编得好的、有生命力的清装戏也都成为古典、经典的剧目保留、延续下来了。

把古典艺术当做工具不一定表现在要它做一些力所不及的宣传工作，把它当做玩物也是一种直接的功利的态度。从清朝末年到民国时代，就有这种趋向。这对于京剧作为古典艺术的品质来说，危害是很大的。

新中国的建立，彻底改变了这种情况，京剧出现了百花齐放的局面。当其时也，京剧的各个行当的大演员都还健在，一时间，京剧舞台的确大有可观。

不过好景不长，京剧作为一门古典艺术，也越来越卷入了政治运动之中。起初，京剧还只是任何人不可逃脱的各种运动的一个部分，后来所谓"京剧革命"居然成了浩浩荡荡的"文化大革命"的开路先锋，在思想上，反映了短视的功利主义已经到了极端的地步。在这个时期，那些前"文化大革命"时期的京剧改良派显得落伍也成了批判对象，当然其中政治因素占主导地位，但是也说明由于工具主义的升级，大多数过去的新文化工作者都跟不上了。

京剧作为古典艺术，在这场运动中所受到的伤害大家都有深刻的体会。大演员们失去了自己的演出机会，剧目只剩下8个现代戏。尽管在这几个戏中也有编得好的，现在也成了保留节目，但是大批传统的保留节目，则全都是改革开放以后重新恢复起来的，而此时已是老辈凋零、事过境迁了。

京剧艺术出现了"断裂"。时间、历史是延续的，而断裂就意味着"错位"。京剧作为古典的艺术，本不怕错位，古典艺术在任何的时代都会具有生命力，问题是要确认它的恰当的位置。如果把它定为一种急功近利的工具，则一切古典艺术只能是"自身错位"的。

从这个角度来看，京剧的问题就不仅是目前大家担心的"生""死"问题，它作为古典的艺术自是要"活"得更长；京剧的问题还在于我们要让它活得更好、更到位。

似乎总有一种观点，觉得京剧如果不普及了，就会逐渐消亡，就会死掉了，于是用各种办法来让它"进入寻常百姓家"。这个用意当然是值得称赞的。不过我们的社会生活，原就是个大综合，并不是现存的都是现代的，对于那些历史流传下来的东西，我们往往还更加珍惜，即使曾是最实用的东西，譬如那些锅碗瓢勺、坛坛罐罐，绝不舍得再去用它——可能它们也不太适合现代的用途，其中最好的，还要专门把它们收藏起来，为它们建造高楼大厦，专人管理，供人瞻仰。按你的意思，京剧要进博物馆了？我知道，许多人最恨这种意见，以为是要置京剧于"死地"，是可忍孰不可忍！

我认为，关键在于我们对博物馆有一种偏见，认为进了博物馆就脱离了现实生活，就死了；实际上进了博物馆珍藏起来的东西比我们的日常用具要延续得更长。在你自己家里你想砸什么就砸什么，而到了博物馆，不能动那展品的一根毫毛。我写过一篇文章谈"文物"的意义，也是强调文物比一般的物、日常的物因摆脱了直接的实用功能，而展现了一个更广阔的、更深层的境界。

京剧是表演艺术、舞台艺术，它和一般的文物又有区别，它不是静止的物，它本身就是一个"过程"；"物"通过"空间"提示"时间"，而表演艺术本身就须有"时间"。它的"存放"形式，只能在活的表演之中，于是，在这个意义上，演员就是"存放"这种艺术的核心环节。

我们有各式各样的演员，有的歌星、影星、名模可以红极一时；在某种意义上，我们的京剧演员可能红的力度没有他们大，但红的时间要比他们长，因为京剧艺术本身要求他们适应这种古典艺术的训练和要求。我们当然要培养数量众多的京剧演员，以适应各种社会需要；但是更重要的，我们还要培养具有古典艺术修养的大演员，这样的演员不会很多，因此，还要在"少而精"上下功夫。任何古典艺术都是以质取胜。

对于有培养前途的演员，要爱护他们，保护他们，要让他们有一种意识，不一定参加大赛或节庆节目就是头等大事。我看电视时发现过去很有内涵的演员，演《将相和》"负荆请罪"一场，好像是"天霸拜山"那样。据说有些演员还是读过研究生课程的，可见书本的知识，没有现实的市场和名利场的力量大。

并不是反对名利，假清高也是骗人的；就古典艺术来说，要的是大名大利，而不是蝇头小利。大名大利是不是很空洞？其实小名小利才是空（洞）的，所谓"过眼烟云"，转瞬即逝，好像到头来都是"一场空"。

如果我们把自己的工作融入了历史的长河，我们的工作—我们的艺术，就会随着历史时间而绵延不断。梅兰芳已经故去多年，而他的艺术却一直存活到现在，我们大家都相信，今后也会一直存活下去。

这可能就是马克思所说的古典艺术的"不朽性"。

"不朽性"在古代是"神"的特性，是超越"（个）人"的生命的，因而是一种"神圣性"；一切古典艺术都具有这种"神圣性"，京剧也不例外。

"神圣性"是大功利，不是小功利。如果京剧也是工具的话，它应是"大器"。

近年很少看京剧，说的都是空话，请大家原谅。

2001 年 4 月 22 日

今人当自爱

"古调虽自爱，今人多不弹"，"今人"不必铺天盖地地去弹"古调"。但如果真的"多不弹"，则"今人"就有了问题，就愧对了"古人"（的艺术创造）。当然，这里的"古调"不是指古人随便哼哼的调子，而是指那"古典的""曲调"，也就是现在我们常说的"古典的""音乐"。中国的戏曲，如京剧、昆曲以及其他众多的曲种、剧种，亦应属"古典艺术"的范围之内。

什么叫"古典艺术"？我粗浅的想法，可以把那虽创作于"过去"，但却永不会"过时"的艺术，叫做"古典艺术"，即"古典艺术"永远有"生命力"、"吸引力"、"艺术魅力"。

然而，什么又叫"永远的"？"人"总是"要死的"，不是"永远的"。"人"的存在是一代一代的，代与代之间有"断裂层"，叫做"代沟"。"代沟"是必须承认的事实，不承认不行。就艺术而言，一代人有一代人的趣味；就学问而言，也是一代人有一代人的学术。不过，代与代之间的"断裂层"也不是"不可逾越"的。"代沟"不是万丈深渊，而是可以相通，可以理解、对话。就艺术言，也是可以欣赏的。所以，"人"的"历史"是"断"中有"连"，"连"中有"断"；代与代之间，又是可以"代代相传"的。"古典艺术"本该是可以"代代相传"的，但也不会有什么绝对的"保证"，使其不会"失传"，"传"与"不传"，关键在于"今人"。

由于"历史"有"断裂层"，我们肯定已失去了不少的东西，其中也会有不该失去的好东西，所以我们对那些有幸流传下来的"古典著作"、"古典艺术"，还要继续地欣赏、研究，看看有什么东西（意义）被"遗忘"了，现在应该重新"体会"出来；但对那早已"流失"了的"作品"—"学术性的"和"艺术性的"，则只能等待异日的"发现"了。历史不保证不"埋藏"好东西，"埋藏"不"埋藏"，有各种的原因，但主要的还在"今人"（相对于创造者"古人"来说是"后人"）能不能"识得"这些好东西的好处。如果"今"（后人）看不出什么好处来，就可能"遗弃"、"埋葬"它们。把"古人"创造的优秀的、好的东西丢掉了、遗忘了，则是"今人"的问题，是"今人"愧对"古人"。

当然，"好"、"坏"是相对的。对"古人"好的，不见得对"今人"也好。这里说的是"古典艺术",无论对古人,或对今人都应是好的。我认为,我国京剧、昆曲等古典戏剧,就是那些总是有欣赏价值的好东西,如果"遗失"掉,则是"今人"的问题。

所"保存"的,不仅是"物质"上的,而且更重要的是"精神"上的。譬如,印刷术早已发明,古书印在那里,但如果你不研究它、不懂它,那它的"存在"就等于"不存在";现在科学昌明,录音、录像技术可以保存大艺术家的表演,但如果我们不会欣赏它,则也等于"不存在"——当然,这种"物质"上的保存是很基础的,有它在,或许早晚它的"精神"会"焕发"出来的。

不过,"我们"(今人)则不该"等待"我们的后人来批评我们"不识好坏"、"粗野"、"没有趣味"、"没有文化修养","不能领会'古典艺术'的好处",而将这些艺术作品"闲置"起来。每一代的"今人"都该争取做"有素养"、"有情趣"、"有文化"的人;"今人"不仅要无愧于"古人",也要无愧于"后人"。

就艺术言,"今人"包括了"艺术家"与"欣赏者",故就古典艺术言,我们不仅期待着"大艺术家"、"大演员",而且也期待着"大欣赏家"、"大批评家"、"大学问家"。"古典艺术"的精神需要"他人"（包括演员和欣赏者）来"阐发"出来。我常想，中国的古典戏剧一直需要好的"阐发者"，如今尤甚。

说来奇怪，我心目中的京剧的黄金时代，是在20世纪50年代。尽管京剧从它诞生算起已有近200年，但它在艺术上要有个酝酿、成熟的过程，而且京剧各行当成熟期并不相同，到50年代，可以说各个行当都非常辉煌灿烂。那时候南北各派大演员都还活跃在舞台上，"四大名旦"、"四大须生"等等，生、旦、净、丑都有杰出的、过得硬的人物顶天立地——京剧舞台的天地。在他们的表演艺术中，我们不但可以看到他们自身的艺术创造，而且也可以看到谭鑫培、余三胜、张二奎、程继先、陈德霖……活的艺术精华，体现在他们身上。尽管过去没有好的摄影、录音技术，但"我们"没有"遗失"什么优秀的东西，就连汪桂芬那个《文昭关》里的"鬼音"，还认真讨论了一番，努力想找发音方法来。

那时对京剧的研究、评论也很重视，不仅专业戏剧工作者重视，其他专业的学者也比较重视，而京剧演员也很欢迎"外行"的关心京剧，"阐发"京剧的艺术特点，提高它的社会地位。可见使之成为一种"古典艺术"，是多方面努力的结果。京剧在50年代就已不完全是一种单纯的"娱乐"方式，而且也是"欣赏"和"研究"的"对象";已不混同于一般日常生活,而是人们生活中一个文化层次较高的部分。

后来,有些人不满意于京剧向高层次古典艺术发展,要把它"现代化"。不可否认,京剧现代戏中有不少优秀的艺术创造,特别是在音乐方面,大有突破,不应"遗忘"的。但京剧现代戏并不会真的改变京剧作为"古典戏剧"的性质,只是在"文化大革命"中因为政治的原因,京剧现代戏被利用来为坏的政治目的服务,而这样就同时在实际上"遏制"了京剧作为古典艺术的发展。

这种"遏制"是很严重的。因为京剧失去了作为古典艺术发展的"大好时机",使我们有可能失去原本该保存和发扬的好东西。那时候,还健在的大批杰出演员,被剥夺演出、教授、创造的机会,少数较幸运的演员,都在努力塑造"三突出"的形象,古典的剧目绝迹十年之久。这个文化的"断裂层"因其时间久、裂口大而使接续工作非常困难。

改革开放之后,百废俱兴,而且萌发了许多新的生机,京剧也不例外,特别是在弘扬中华文化的旗帜下,京剧恢复了"国宝"的地位——如果援引恢复"国学"一词的例子,"京剧"倒更可以恢复"国剧"的名字;但在一日千里的社会发展中,在经济发展的大浪潮中,京剧也遇到了新的挑战。

京剧在复苏了一阵之后，观众和爱好者又在减少，虽经大力提倡，仍不能改变这个趋势，于是遂有"京剧"是否会"消亡"、"死亡"之忧虑。

其实，作为"古典艺术"，"京剧"只有会被"埋没"、"冷淡"的危险，而绝无"死亡"、"消亡"之理。因为被"埋没"了的古典艺术，一旦被"阐发"出来，仍然是"活"的。之所以会有这种忧虑，乃反映这样一种心理：有些人觉得，不"流行"了，就是"死亡"，于是就千方百计地让京剧"流行"起来。

我觉得，京剧"流行"不起来了，也不必、不该让它"流行"起来。

不错，京剧曾经"流行"过，但"流行"只能"流行"于一时，要想具有更长远的生命力，只有让它向高、精、深、尖发展。京剧在"流行"的基础上，早已逐渐在大演员、大文人的关心、培育和创造中，成为一种"古典艺术"。"流行"的东西，不要求人人都承认其价值，尽管喜欢的人很多，但你不喜欢，不能说你"文化低"、"素质低"和"趣味低"；但"古典"的东西却"迫使"人人都得承认它的价值，尽管你不一定喜欢它，但你"必须"承认它的价值。现在京剧却没有这种内在的"迫使"力量，因为它正在和"流行"的东西在"竞争"。

"流行"的东西是"现时的"、"娱乐的"人数众多……而"古典"的东西则是"历史的"、"欣赏的"人数相对少的。对"现时"的意识，多数人必定很自觉，但对历史的意识，就需要更多的文化教养才能自觉起来。所以，人数多寡，本是很自然的事。"古典艺术"重质不重量。这无论对艺术家和欣赏者言，都是如此。但就古典艺术能"迫使""不太喜欢"它的人也得承认它的价值这一点来说，从它又是有更广泛的群众这个意义来看，古典艺术不怕被"否定"、被"冷淡"、被"埋没"……而怕不把它当做"古典艺术"来看。齐白石的虾，不怕你卷了起来不看，却怕你把它印在脸盆上。

现在有些演员以及有些研究者、欣赏者，自觉不自觉地要京剧"流行"起来，因而不从精深处琢磨，而求一时之剧场效果或"轰动效应"，所以有些演出，给人以"粗糙"的感觉。当然，现在的服装、灯光、布景等都比过去好得多，所谓"粗糙"，只是指"表演"上欠研究。

以演唱来说，如今有些演员只求实大声洪，这当然也好。现代人的体质比过去的人好，嗓音条件会超过前人，但往往缺乏一个"咬字"的环节。尽管现在大多数演员也都要学京剧咬字的特点，大体也差不多，只是不"讲究"，因而不

"突出"。

京剧继承昆曲唱法，讲究"字正腔圆"。"字"要咬得方、正，"腔"才可以一波三折，而不失"字"之本音。当然，京剧唱法自有特点，字音标准和行腔方法都不同于昆曲，但"字正腔圆"这个说法，在原则上可通。

京剧音韵，经过许多讨论，如今大体规范化，已不归某种方音，而自成一种艺术的音韵体系。现在看来是"现成"的东西，或许有人觉得是"技术性"的"雕虫小技"。但我认为此种"小技"乃凝结了许多文人的心血在内，体现了诗词讲究音韵格律，反映了乾嘉以来人文精神的一个侧面。它融会在京剧的演唱中，给人以历史的典雅之感。"讲究"它，就能突出这种历史的精神，否则就显得"粗糙"一些。

不仅演员要注意这方面的问题，而且文人也该有这方面的探讨研究，欣赏者也要有些这方面的修养才好。过去的演员，因为社会条件的关系，有的文化水平不高，但有文人的帮助，有那好学的，嘴里也就"讲究"起来。现在演员文化水平不低，而音韵学的研究水平当然更有很大的进步，但两边没有结合起来，就很可惜。

的确，"咬字"的问题很小，既不能与安邦定国的大事比，比起那"艺术的真实性"、"艺术反映时代精神"、"人物性格"等来说，也是很小的问题。但俗话说："外行看热闹，内行看门道。""门道"常常是细小的，不留心就会被忽略过去。艺术的欣赏层大多数是"外行"，"外行"从整体的社会生活的大方面要求艺术，是最基础的。所以说"外行看热闹"只是表面现象。但艺术，特别是"古典艺术"需要一批"内行"的欣赏者，需要各行各业的"行家""里手"的配合、关心，才会将自身的、"意义"、"精神""阐发"出来。京剧需要文学家、诗人、历史学家以及声学家、光学家等的关怀，或许可以总起来说，需"人文""学者"的关心和爱护。京剧在过去曾是这样过，如今需要这样，今后也会是这样。

我们这一代人要向我们的前人和后人证明：我们（今人）是有眼光、有见识的，能够识得京剧作为古典艺术的精神所在，并能将这种古典的、历史的精神弘扬出来，而不会在我们这一代人手中"埋没"、"歪曲"、"冷淡"或"糟蹋"了它。凡是将古典艺术"埋没"了的，说明他"不配"享受那高雅的艺术。对一个人如此，对一代人也是如此。所以，我的意思主要是："今人当自爱"。

（原载《艺坛》1993 年 3~4 期合刊）

从脸谱说起

京剧脸谱是艺术明珠，堪称国宝，不但在京剧艺术中不可或缺，而且本身又有独立之观赏价值，实在是我国艺术家对世界艺术做出的特殊贡献；不过，以前也常听批评家在贬义上用上了这词，说人物没有个性，有"公式化"、"概念化"的毛病，则斥之曰"脸谱化"。其实，"脸谱"与"概念"、"公式"是完全不同的。"概念"、"公式"是"抽象"的，但"脸谱"却不能归结为"抽象"。

关于脸谱，已有许多专家作过专门的研究，它或许起于古代"面具"，或许还有"图腾"的意味，再有一些"象征"等等，包公脸上那个"月牙"，也许有些宗教的意思在内。这些研究当然是很有益的，对我们理解脸谱很有帮助。这里的问题是：如何从艺术上来理解脸谱？

我想，批评脸谱"公式化"、"概念化"的，其中有一点未曾深察的是在那个"谱"字上。

"谱"从"言"从"普"，似乎是"普遍的"东西，到处可以"套"用,"脸谱"表示一些"类型",譬如"忠"、"奸"、"善"、"恶"、"刚直"、"阴险"等等,还有地位上的贵贱、尊卑。这一切,似乎是一种"定型","套"用起来,的确容易犯"公式化"、"概念化",而缺乏"个性"的毛病。西方人研究"面具",也是强调它把后面那张有血有肉、有个性的"脸""遮盖"起来了。所以,"脸谱"的毛病,不出在"脸"上而出在"谱"上。

中文的"谱",似乎没有固定相应的外文来译,它们的 fable、score、recipe 都有"谱"的意思,甚至"tree"都可以用来指"谱",像我们说家"谱",他们就说"family tree"。这样,中文一个"谱"字涵盖了西文许多字的意思,内容是很丰富的。

"谱"首先有"标准"、"准则"的意思。化开来说,还有"(方)法"——得法、不得法的意思。我们常说,某人说话、行事"没有准谱",言其做事说话不遵守一定的"规则",无法沟通、交流,也无法"理解"。"谱"是要大家(普遍)都能"遵守"的,"没有谱"则不成"局面"——这是博弈论里的 game,没有"规矩",不成"方圆"。

"谱"还有"谱系"的意思。"谱系"是历史形成的,是历史性的,是一种"传统",因为历史不同、传统不同,"谱系"也就不同,于是有各种不同的"家法"、"流派"。我们知道,京剧的脸谱,也还有不同的"家法",同样曹操的脸,勾画上也有大同中之小异,这是专家们有过很细致的研究的。

此外,"谱"有一层很重要的意思是不能忽略的。凡称"谱"的,都是有待去"实现"的。"谱"自身是"实践"的"本",好像是个具有普遍意义的"设计方案"(图案),它是要被"付诸实践"的。所以脸谱首先是京剧(戏曲)艺术的一个有机部分。光有个脸谱不能成为"活曹操"、"活姚期"、"活包公",要成"活某某",还看演员如何去"演"。这一点,天下一切的"谱"都是适用的。

世上的"谱"种类繁多,譬如"乐谱"、"棋谱"、"菜谱"……其自身只是一个"本",一个"依据",而等待着如何"演奏",如何"下棋",如何"做菜"……

在西洋,大作曲家的"乐谱"当然是很"神圣"的,但"乐谱"还需要"演绎"(演奏)才真的成为"音乐",而大演奏家(包括大指挥家)的地位并不低于作曲家。我国"谱"的作者大概是集体的,但演员却总是个体的。在舞台上,"脸谱"通过演员的表演"活"了起来,就像演奏家在舞台上让作曲家纸上的"音符""活"了起来一样。

现在书店里有许许多多"菜谱",的确也有许许多多的

"谱系"：有四川的、淮扬的、上海的、广东的……当然还有许多西餐菜谱。但"菜谱"不是"菜"，不能吃。"菜谱"给大厨一个规范，有的说得很详细，看起来也很"死板"，如加盐多少、文火炖半个小时，等等。但这些"指标"，对于普通家庭主妇言，能帮助她做出中等水平的菜肴来，不至于不堪入口，却又不"限制""大厨"的匠心独运。"厨艺"上乘，在于掌握"火候"。"火候"是一个综合性的分寸，不是"30分钟"、"35分零5秒"那样死板的。不是飞机的航班，到时一定"起飞"（起锅）。"火"曰"候"，乃是一种"征候"，是靠操作者的经验体会"感觉"出来的，它不是"理论性"的，而是"实践性"的，因而不仅仅是"实用性"的，而且是"艺术性"的。就"实用性"而言，做出来的"菜"，有个中等水平，能吃就行；但就"艺术性"而言，"火候"是必须掌握的。

舞台艺术中也有"火候"，是把各种的"谱"——包括曲谱、身段谱（程式）、脸谱等都艺术地"兑现"出来，是要（等待）艺术家把这些"谱"用"活"了，塑造出活生生的人物形象来。像"厨艺"一样，舞台上也有中等水平的演员，他们按部就班地把各种"谱""做"出来，也算是完成任务，刻苦点也会有相当的"功夫"，就是缺少一点"灵气"。

像"灵气"、"天才"、"体会"、"悟性"、"气象"、"气候"、"气韵"等并不是能"谱"出来的，而是艺术家的一种"创造"。然而，就道理上来说，各种的"谱"，并不是要"限制"人的"创造"，而只是要使人创造得更好。做不好"菜"不能怪"菜谱"，演不好戏，不能怪各种"程式"，人物没有"个性"也不能怪脸谱。再往深里说，各种的"谱"不但不企图"限制"艺术家的"天才"，而且还可以防止"天才"的"流产"。"谱""规范"着那不易"规范"的"天才"，使其不仅有"天才"，而且有"成就"。至于京剧的脸谱还具有独立欣赏的艺术价值，也是一个很有趣的问题。就这个意义来说，脸谱艺术乃是绘画艺术的一种，而中国的绘画艺术，按其传统说，也是有"谱"的。梅有梅谱，菊有菊谱。"画谱"乃是过去画家的入门功夫，所以中国绘画的意趣与西洋的绘画有些不同，它似乎更接近"表演艺术"，要把那个已经加工过的"谱"、"本""兑现"出来。"画家"好像一个"演员"，不过不用自己的身体，而是用笔墨丹青，在"谱"、"本"的指导下，把梅、兰、竹、菊等创造性地表现出来。所以和书法艺术一样，中国绘画艺术也讲究"笔法"（用笔、运笔），讲"气韵生动"，是"动"的，不是"静"的；是"时间"的，不是"空间"的。"脸谱艺术"同样亦有自己的"气候"，亦有"笔法"之"飞动"。记得几十年前奚啸伯先生对我们说，演员艺术要做到"有规律的自由"，他的体会是很深刻的。"自由"不能"没有谱"，而"有谱"并不真的一定要妨碍"自由"。

（原载《戏剧电影报》1997 年 1 月 29 日）

由谭鑫培七张半唱片谈起

京剧一代宗师谭鑫培所录七张半真版唱片，经过现代数码技术的处理，出了 CD 和磁带，乃是京剧爱好者之福，也是一切爱好中国古典文化者之福，中国唱片上海公司做了一件大好事。

我没有赶上看谭鑫培的舞台演出，也没有收过他的唱片，记得上海家里原也有两张，好像是用钻石针唱的，杂音太多，唱的什么已经不记得了，很可能不是真品。梅兰芳曾指出过，只有百代公司所录七张半才是真谭。[①]

此次出版的 CD 上，印有"中国最早唱片"，盒带上则印有"正宗 1907、1912 年七张半真版"，我没有考证我国还有没有更早的唱片，但就 1907 年来说，也是很早很早的了。我也喜欢收集西洋音乐的唱片，也有一些早年的录音。大概器乐方面在 30 年代以前的，一般就不太好听了，虽然经过"珍

---

① 参见《许姬传七十年见闻录》，见翁思再主编：《京剧丛谈百年录》，河北教育出版社，石家庄，1999。该书收录有"谭鑫培唱片之真伪"一段。

珠"等名品牌的技术处理，也不能尽如人意；据说声乐方面，有 1904 年或更早的唱片，我没有买过。又记得前五六年英国《留声机》杂志为纪念它们创刊 70 年，发表有记述录音技术的历史材料，或许那里会谈到他们最早的唱片。不管怎么说，1907 年应该也是非常早的年代了，尽管这个唱片公司也是西洋人开的（"百代"据说就是现在大家熟知的 EMI），是引进的，但毕竟那时我们还是可以和国际接轨的，差距没那么大。这七张半真版唱片，保存了我国戏曲声腔艺术早年的真腔实调，把时间中的艺术保存下来，并可以随时地"回放"出来，把"时间"的，变成"无时间"的，或"任意"的，好像"时间"可以"驻留"一样。这一定要感谢科学技术的进步。

喜欢艺术的往往觉得科学有时会"干扰"艺术，觉得"人文精神"很不同于"科学精神"。我不大赞成这样对立起来。当然，它们是有区别的，不过就基本的方面来看，它们是同步的。文字书写的运用，使口头的成为书面的，印刷术的发明，使"书"成了文明文化的核心部分，许多文学作品得以保存和流传，这些已是常识。

录音、录像技术的发明和发展，使"表演艺术"也成为"案头之物"。

我常想，许多的艺术，都有程度不等的"表演性"，譬如古代的诗，大概都是可以唱的，至少是要吟诵的，那时没有录音录像，所以就成了"案头的读物"了。就连长篇的故事，也是可以朗读给听众听的。

如今的人得福了。不但写小说、诗歌发表起来很容易，就是唱歌、跳舞等等，也有录音录像替你保存下来，随时可以回放，不怕丢失，这是当年大艺术家没有享受过的福气。据说，谭宗师也拍过一点儿电影，但好像不知道存在哪里了。

既然很好地保存下来了，又经过现代的技术重新处理过，我们就要好好学习享受。科学有一个最大的特点就是它的"可普及性"，它是"公共"的。

于是欣赏谭宗师的唱片的，就会有各行各业的爱好者。那么我作为一个哲学工作者听了这七张半，又作何感想？

做哲学的好作玄思，我突然想到一个理论问题，这个问题是我长期以来似懂非懂的。谭的艺术，轮不着我来说，老一辈的、现在的专家说得不少了，这次发行的 CD 和盒带都附有王家熙先生的文字介绍，值得参考。

我想到的是一个很怪的问题：是谭宗师在唱戏，还是戏让（令）谭宗师在唱？

说这个问题有点怪，是因为谁不知道是谭老先生在唱戏，你偏偏要在没有疑问的地方提问题。不是的，我这个问题不是为哗众取宠，而是有理路上根据的。

我的体会甚至是：谭宗师之所以唱得如此之出神入化，乃是他已经达到了不是"他"唱"戏"，而是"戏"让（令）"他"唱的化境。我来努力，把自己的意思说清楚，也请爱好戏剧的朋友稍微忍耐一下我先把题目扯远一点。

我读哲学书的时候，读到海德格尔一个意思，叫做"不是人说话，而是话（语言）让人说"，起初也觉得很怪，慢慢地感到还是有些理路的，渐渐地就又觉得这个理路还相当深入。我后来把它理解为"（人）有话要说"。换了这句话，大家好懂，意思大体也没有错，但失之浅显，深入的意思没有表达出来。

"不是人说话，而是话让人说。"一是指人说话不是随心所欲地瞎说的，不是"主体性"的张扬，而是"言之有物"的，这在我改的"有话要说"里有了这层意思；但海氏这句话还有一层深入的意思是说，"话（语言）"有自己的生命（他叫"存在"），而"话"、"语言"的生命竟是"大于"、"长于"、"重于""（说话的）人"的。"人"只是"话（语言）"的"传达者"。这一层意思，我改的那句话就不突出了。

大家先记住这层意思，我再来说与此有关的读书经验。

还是读海德格尔的书，这回跟艺术有关。海氏有一篇著名的演讲，以《论艺术作品的本源》出版。在这里，海德格尔一开始就提出到底是（因为他是）"艺术家"使（他的）"作品"成为"艺术品"，还是（他的作品是）"艺术品"，才使他这个人成为"艺术家"。这个问题本是一个常被人讨论的问题，不是海氏新提的，但他的回答却极具特色。他说，既不是此，又不是彼，而是"艺术"使"人"成为"艺术家"，也使"作品"成为"艺术品"。他把这个"艺术"叫做"人"和"作品"两者之外的"第三者"。海氏这个"第三者"论，初看起来也很不好懂。"艺术"好像是一种什么"调料"，加诸"人"，加诸"作品"，就使它们具有"艺术性"似的。

其实这个意思和上述"话让人说"是相通的。"艺术家""创造""艺术作品"，并不是"艺术家"主体性的大发泄和大表现，而是"做（创造）"一件"艺术性"的"工作"，他的成品，就是"艺术品"。

就"做事"来说，"艺术家"和工人、农民、学者一样，是在做一件事。社会上各行各业的"工作人"，都力求把各自的"事""做"好，做得好，就"成名"、"成家"。就这方面看，"艺术"也是"百业"之一，"艺术工作者"要把艺术的"事"做好，则他做的事成了"艺术品"，而他自己，也就成了"艺术家"。

而同样的道理，"事"当然是"人""做"的，但我们仍然可以说，"不是人做事"而是"事让（令）人去做"。"事""大于"、"长于（寿于）"、"重于""人"。这也就是说，不是"事"为"人（我）"服务，"事"作为"我（人）"的"工具"来被利用，相反地，"我（人）"要为"事（艺术事业）"服务，"我（人）"要为完成"事（艺术）"的使命而努力工作。我甚至觉得，只有有了这种精神，才能真的把你要做的事（工作）做好，在各行各业里达到高的水平和高的境界；而你自己也才会找到"自己"的真正"位置"——你是"工程师"、"农艺师"或者"艺术家"——那种以"事业"作为"敲门砖"，作为获取名利的手段，我感到，真以这样态度把事做好的是少数，因为他们缺少一种为事业（艺术）"献身"的精神，就达不到极高级的水平。这也是我在聆听谭宗师这七张半唱片时的最深刻的感受：我感到，有一种"戏剧（的精神）"、一种"艺术（的精神）"在"推动着"他唱，是"戏（艺术）"让（令）这位大宗师在唱。

我们谈美学和艺术方面的书，常常遇到"灵感"、"灵气"这类的词。西洋从古代希腊的哲学家起就有一些解释，有时觉得很神秘，其实我们聆听谭宗师这七张半唱片，可以体会到他的演唱处处都充满了这种"灵感"、"灵气",有一种活的灵魂、活的精神、活的气息存于其间。这还不是仅仅意味着,他把这些"人物"演(唱)"活"了,演(唱)秦琼就像"秦琼",演(唱)萧恩就"是"萧恩。不仅如此,而且,我想,即使是秦琼、萧恩真"活过来"了,在台上也演不出谭宗师的水平来。所以,艺术家的"灵气"、"灵感",不是什么"灵魂""附体"这类的神秘的现象,而是一种很正常的"艺术现象"和"艺术境界"。这个"灵气"、"灵感"就是那"大于"、"寿于(长于)"、"重于"艺术家"个人"的"艺术"。

一个人作为艺术家,要做好艺术的事,一定要下多方面的苦功不可,"艺术"的"事(业)",也是综合性的。演员要有该艺术要求的基本功。譬如谭宗师的"字正腔圆",没有运气和嘴皮子的锻炼,是绝不能做到的;还要有相当的历史的、文学的知识,才能对所演人物有基本的了解,把握所演人物的性格特点。这些都有赖于演员的体会和理解,不下功夫也不行,如此这般的专门训练也不是我们外行所能说得全、体会得到的。譬如我小时候听人说,咬字要分头、尾、腹,发音和收音都要交代清楚。这当然也是正确的。不过我听谭老先生的唱,有时候字咬得很紧,有时又一带而过。我听《打渔杀家》里"吃酒醉"的"醉"，咬字是如此的漂亮，可说是咬得紧的典范，不过大部分的尾音也是点到为止，同样好听得很。这就好像大书法家的书法作品，未见得笔笔工整（如算子），竟然是歪的斜的都好看，我想这并不是盲目崇拜，而是进入到了一种艺术的化境，即使是气力（笔力）不够的时候，也能"化险为夷"，是众多的综合因素恰到好处地结合起来的缘故。

我想，这种恰到好处的境界，甚至并不是演员事先设计好了的效果，而是你的"艺术"到时候"促使（让、令）"你（演员个人）非如此不可的结果。我们做学术理论工作的人，也会有这种经验：话说着说着，就让你非说那一句话（意思）不可。"学术"自己有"生命"，"艺术"自己也有"生命"。"学问家"、"艺术家"，就是要（帮助、协助、推动）把"学问"、"艺术"自身的"生命"表现出来，这样的"学问家"和"艺术家"，才是在自己的领域中的上乘典范。

中国的艺术和学术一样，源远流长，人才辈出。京剧也有几百年的历史，有很多的大演员做出了贡献，但是像谭鑫培这样的上乘典范，也还是非常难得的一代宗师。因为"艺术"毕竟还是"天才"的"事业"。要把各种的因素综合、结合得恰到好处，要靠主客观条件和机遇，"天才"为"艺术"

树立"典范"。京剧很幸运地出了谭鑫培这样的上乘典范，我们又托科学技术之福，将他的"艺术"存留了下来，使我们后人得以反复聆听欣赏，就好像读那古典的学术著作一样。

（原载《戏剧电影报》2000年9月4日）

余叔岩艺术的启示

艺术史上有些现象很值得研究，余叔岩的艺术就是京剧艺术史上很有意义的现象，研究它，会得到许多启发，所以如果京剧史上有我说的"余叔岩现象"，也并不是故意套一个新词引起大家注意，而是实有所感。

一

感想之一就是古典艺术固然也讲质、量并重，但比较而言"质"更要重要些。

事物总要质、量相统一，事物的发展总要量中求质，没有相当的量，出不来高的质。京剧艺术也不是一开始就很成熟，它有一段很长时间的酝酿、积累、提高的过程，从徽班进京起，已有两百多年历史，而更不用说在这之前昆、乱各剧（曲）种以及更为久远的诗、词、曲、舞的发展基础了。京剧到谭鑫培，在老生行当就相当成熟，成了典范，而余叔岩则是老生艺术的更进一步的发展，成了历史的高峰，是老生行当的更为成熟、更为优秀的古典范式，在"质"上得到了更好的完善。

余叔岩艺术这种历史地位的确认，在更老一辈的顾曲家那里，也不是没有争议的。我们现在可以读到对京剧史卓有贡献的齐如山，对以此来衡量余叔岩，自有不同看法，而种种"不同"，也就成了"不足"。这是历史评价中常见的事，连自然科学史上也有不同时期的范式，而历史的进步，乃在于"范式"之"涵盖性"，即后一种"（理论）范式"可以"涵盖"前一种"（理论）范式"，譬如爱因斯坦"相对论"可以"涵盖"牛顿的力学理论，等等；艺术史各个时期的代表（范式）当然不能相互"代替"，但也有个"涵盖性"问题。艺术的"质"度，就体现此种"涵盖性"。

我们这一代人没有看到余叔岩的舞台演出，从文字记载来看，余叔岩固然所学甚多，但在舞台演出相对较少，而我们所能直接接触的，竟只有他留下的"十八张半"唱片——或许应了那句"物以稀为贵"的话，因其少而弥足珍贵；不过，如果达不到"质"的高度，那也可能因其"少"被湮没。余叔岩的艺术不但没有被湮没，而且得到了发扬光大，成了经久不衰的大艺术流派，我想，正是因为它的"质"高，才能使少数"种子"可以生根发芽，蔚然成荫。

所以，研究余叔岩艺术，我想说的第一句话就是研究古典戏剧的演员如何精益求精，提高"质"度，而不求一时之热闹。

二

感想之二是请演员注意"技巧"。过去我们研究艺术理论的很强调"自然"，这当然是对的。"自然"是艺术的最高境界，但这种高级境界要靠"技巧"来支持，要通过高度的"技巧"锻炼来达到"自然天成"，才是艺术的高级境界，所谓"工后之拙"。没有"工"的过程，那种"自然"是较低的。

譬如京剧演员嗓音条件好，实大声宏，当然是好事，但嗓子响的人多得很，因没有训练而并非演员，更非好演员。很多人都会写字，但并非书法家，我们都会"说话"，但也并非演员、演说家。多数人都会哼几首曲子，但并非歌唱家……艺术需要训练。

从记载来看，余叔岩身体不好，嗓音不属于实大声宏那一类，因此他就更加着重在"锻炼"，把"技巧"提高到"化"境，以"技巧"支持他的演唱，所以现在听他的"十八张半"，每一张都是精品。

余派技巧侧重在何处？咬字当然是很重要的，过去老顾曲家说得也很多，现在再来强调，因为总是觉得现在有些演员，不很重视。你说嘴皮子没有功夫。青年演员依仗着嗓子好、气力足，不注意嘴里的功到头来会吃亏的。记得我们年轻时看谭富英的戏，他的嗓音条件太好，有时咬字上不很注意，大家也不在意；后来他年纪大了反倒嘴里讲究起来，他晚年录的唱片（如《奇冤报》等）简直精彩极了，但令人惊讶的是，我却发现他那几段的韵味非常像余叔岩。

我一直觉得除了咬字外，余叔岩的"运气"也是很值得研究的，现在读到有的研究文章很好地探讨了这方面的问题，很高兴。我听余叔岩的唱片，常感到他的"气"好像是"用之不竭，取之不尽"的。事实上哪里会有这样的不竭之气呢，无非是演员下了功夫，运用得当，让人听起来似乎总有充足的储备一样。

"气"是中国艺术里的一个很重要的观念。"气"就是"生命"，是一种"力"，是"生命力"。西方人也有同样的意思，他们讲"灵魂"、"精神"，他们的艺术品，也要讲"精神灌注"，是"活"的，不是"死"的。

艺术里"（中）气足"不是自然现象，而是艺术现象。不是拖长腔，越长越好，谁也不能一口气唱一出戏，总是有连有断，这里就有技巧。就像书法一样，就是"一笔书"，也有个"断"的时候，要紧是如何做到"笔断""意不断"，书法里叫"贯气"，也就是"精神（生命、生气）灌注"。"自然"的"气"总是要"断"的，但"艺术"的"气"却可以有"无限的""绵延"，"断"了还可以"连"起来，这叫"生生不息"。

"气"是"内在的"，所谓"内练一口气"，"气"推动着、支持着"咬字""行腔"，就像书法里"气"支配着"用笔"一样，也像绘画里说的"气韵生动"，有了"气"，才有"韵"，也才能"生动"。余派讲究"韵味"，但没有"气"，"韵味""推"不出来，"气"使"韵味""出来"。身体多病的余叔岩，如何"练气"，是现在的演员应该认真学习的。

三

最后讲一点感受也是有关"涵盖性"的。京剧有"京派"、"海派"之分，说的是事实，在艺术上各有特色，但又是相通的。余派不仅在北方，而且在南方同样是很受推崇、影响很大的。

我少年时在上海读中学，那时刚解放，学校功课不紧，课余晚上我参加一个票房（大概叫"濩声"）活动，陈大濩先生教我们唱《二进宫》。当时，上海电台里有苏少卿先生教唱

《武家坡》、《文昭关》，前者是谭派，后者则是汪（桂芬）派路子。记得范石人先生也在电台教唱余派。这些都是"京剧"。刚解放那一阵，美国飞机老来轰炸，上海常停电，有次陈大濩先生在煤气灯下演《击鼓骂曹》，台下照样坐得满满的。我还记得随父亲看过孟小冬的《搜孤救孤》，可惜我太小，只记得赵培鑫的"公孙杵臼"也得了许多叫好声。

我说这些，是想说只要能达到高质度的水平，京剧无分南北是同样受欢迎的。上海曾是十里洋场，灯红酒绿，西洋的玩意儿也已不少，但不但京剧的"海派"，就是"京派"仍是上海人民的高雅娱乐，说明京剧作为中国的古典艺术的地位，实在已是不可动摇。不过，这种地位是需要大演员、大顾曲家弘扬光大才能维系下去的。京剧发展到现阶段，更需要在"质"度上保存和提高，"质"度高的艺术，其"涵盖性"反而大，这是我们纪念余叔岩、研究余叔岩艺术要注意的一个道理。

（原载《艺坛》1996 年第 2 期）

"诗"与"史"的结合
——谈梅兰芳艺术精神

中国的戏曲是"诗"和"史"的结合，是诗意性的历史，也是历史性的诗，是真正意义上的"史诗"——不仅仅是西方传统的"叙事史"。

当然，西方很早就有历史的记载，但他们对历史的理解，侧重在诸"事件"之间的逻辑联系，注意在"事后"来理解历史事件的前因后果，后来才逐渐认识到"历史"是"绵延"的，不可"分割"为诸"事件"，然后再以逻辑推理的方式将它们"结构"起来的；"历史"是"生命"的"延续"，是"活"的，将其"分割"开来，就成了"死"的"事实"。

我们中国传统强调的正是"历史"的"活"的"生命性"，因而"历史"对我们来说，就不仅仅是"过去"了的、"现在"已不存在的那些"事实"，而是"现在"仍在起作用的一种"活"的因素。"历史"不仅仅是"事实性"，而且展示了"可能性"，不是"封闭"在"过去"，而是"开放"于

"未来"。我们看到，此种"史"的精神，实际就是"诗"的
精神。

使"史实"和"诗意"和谐地表达出来，就戏剧而言，
必定要通过"表演艺术"。"表演"之所以成为"艺术"，而
不是一般的"技术"，正在于它的着重点是在传达"史"与
"诗"相结合的精神。而要使"真"与"美"在舞台上相统
一，则需要"演员"的巨大的艺术天才。梅兰芳正是这样一
位伟大的艺术天才。

梅兰芳的表演——以及他作为"表演（导演）手册"的
《舞台生活四十年》，不仅是美的创造，而且也是真的存留
（记录）；或者反过来说，不仅是真的存留，而且也是"美"
的创造；是既保存了真，又创造了美。

有时候，诗人、艺术家眼里的"真"可能比史学家眼中
的"真"更深刻。以梅兰芳常演的剧目《霸王别姬》为例。
楚汉相争是中国历史上的大事，史学家多有研究，这当然是
很有用的；项羽和虞姬的故事，或于史亦有证，而英雄美
人、生离死别的故事，自亦可以打动人心。不过梅兰芳处理
这个戏却不限于渲染此种表面的效果，而是把在楚汉相争的
大背景中虞姬的独特的性格在项羽的衬托下，活生生地表现
了出来。在梅兰芳的表演中，虞姬的死，竟有一种比项羽全

军覆没更为震撼人心的效果。

虞姬随军征战，为项羽歌舞消愁，想是能文能武，不是一般的弱女子。但梅兰芳并没有把她演成了梁红玉，甚至不是《宇宙锋》里的赵艳容，在项羽的对比下，她似乎是一个柔弱得很的女性，而正是这样的女性，在紧要的关头，竟勇敢地"选择"了死。虞姬的死，不是一般的"殉情"，而是表现了她的"自由"，为"自由"而死，所以有一种悲剧的震撼性。项羽也是悲剧英雄，但在这出原本是刚柔相映的戏中，柔弱者竟能如此之刚强，相形之下，项羽倒显得"无可奈何"的样子。所以这出戏，在梅兰芳表演天才的照耀下，虞姬很自然地居于主位；而在史家的笔下，虞姬就不太可能成为主位的。这种情形，有点像希腊悲剧中埃斯库罗斯的《波斯人》。在希腊与波斯的那场著名的战争中，希腊史家自取希腊一方为主位，但艺术家却偏偏从另外一个侧面，从波斯人眼里来看这场战争的悲剧性。同样，在这里，艺术家似乎显得更为深沉些。

希腊的历史著作、科技著作，甚至哲学著作中所未能充分表达出来的精神——自由的精神、悲剧的精神，请到希腊的艺术中去寻找；同样，中国文化的传统精神，在"正史"中未能充分体现出来的，请到中国古典艺术中去寻找。

（原载《戏剧电影报》1995 年 1 月 6 日）

程砚秋艺术的启示

——程砚秋百年诞辰有感

我看程砚秋的戏不多，但我很喜欢程砚秋的艺术，尤其是他的演唱艺术，于凄楚悲凉中含有一种不可抵御的力度，真可谓外柔而内刚；就连他演《锁麟囊》中的初嫁少女，唱腔中也预示着一种深不可测的命运悲剧韵味，所以他把这个人物唱活了，即使在这个剧目被"否定"的日子里，人们仍然记得它。

用现在的眼光来看，程砚秋离开我们太早了，他完全可以活到现在，百岁老人如今并不罕见。可是程砚秋如同璀璨的彗星那样一闪而过，但是他那艺术的光芒，却永远照耀着我们的艺术舞台，他那艺术生命的光辉，仍然不可逼视，他的艺术的轨迹，仍然吸引着我们去思考。

百年以来，中国发生了多少变化！京剧艺术又走过了多少曲折发展的道路，在这个历史的过程中，又产生了多少艺术大师和天才人物！

　　毫无疑问，在中国近代艺术中程砚秋是一个艺术天才，而且是个成功的、完成了的天才，因为我们知道，相当一部分天才或者是埋没了，或者是流产了。

　　什么叫"天才"？人们对于"天才"的认识，也有一个过程。人们曾经认为，"天才"是可遇不可求的，他的出现，并非人们刻意培养，或者努力学习就能出现的。应该说，这对于理解"天才"，尤其是"艺术天才"，的确是捕捉到了本质的现象，在理论上有其深刻之处；但是"天才"并非真的是从"天上"掉下来的，似乎人们只能"坐等"他的到来，而可以无所事事。事实上，"天才"是从"大地"上涌现出来的，他植根于现实的生活之中；"天才"的出现之所以显得那样"不很确定"，不是因为他的出现不要或没有"条件"，而是因为让他出现的"条件"过于丰富复杂，不是理论上可以"推论"出来的，譬如有了良好的生活条件，加上个人的努力，似乎就一定出"天才"、出"大师"似的。

　　"天才"是一种非常实际的、非常综合的产物，因其出现条件过于错综复杂，他对于我们的"理论思维"来说，也就过于复杂，不容易"总结"出行之有效的公式来，放之四海皆准，这样，他的出现真的常常就表现为"可遇而不可求"了。

　　"天才"是"天时地利人和"的综合条件的产物。

程砚秋并非出身于梨园世家，他献身京剧艺术，已有很多前辈大演员活跃在京剧舞台上，而且在旦角里已有梅兰芳同样的天才艺术家在前，程砚秋要在这样一块已经百花盛开的艺术园地成为鲜艳夺目的花朵，自非易事；然而他脱颖而出，独树一帜，使得这个园地因有了他的艺术而更加璀璨艳丽，自有他在艺术上的"创造"在内。

艺术原本是创造性的。

表面上看，中国的传统艺术，很强调传承，似乎只要"模仿着"前辈艺术家的轨迹，就能安身立命似的；当然人们也说，要"创造性"地"继承"，因而要"发展"传统，于是有在继承的基础上发展—创造之说，这当然是正确的说法，但是在理解上还是很不够的，我们还要进一步深入地思考。

"艺术"原本在"创造"的层面，因而，"继承"本就是"继承"那种"创造"。这里的"继承"和"创造"在精神实质上原本是"一回事"，而不是两件事情，我们"学习"那种"创造"，学习他人（前人）是如何"创造"的；甚至"模仿"，也是"模仿"他人（前人）是如何"创造"的。有了这种思想认识，"学习"和"模仿"就是"活"的，而不是"死"的了。

这样"学"出来的艺术，就是你"自己"的艺术。

中国的艺术精神讲究要有"传授"，一如中国的学术精神学有所"本"，言之有"据"。这个"本"和"据"也还是要从"创造"精神层面来理解，这种精神一脉相承，犹如生命之延续。

我们做学术工作的，要在你的学问中，见出老子、孔子直至近诸家之精神，也要见出苏格拉底、柏拉图直至康德、黑格尔以及后现代诸家的精神；艺术亦复如是。这大概也是所谓"谱系学"的意思。"艺术"和"学术"自有"家门（门第）"，只是此种"门第（家门）"不是"世俗"的，而是"自由"的、"创造"的。

我们在程砚秋的演唱艺术中，"听出"陈德霖的吐字和顿挫①，"听出"梅兰芳的甜润，甚至"听出"西洋声乐的特点，如此种种都"融会"在程砚秋"自己"的"声腔"中。在这种理解的意义下，我们可以说，程砚秋以"自己"的艺术，"延续"了前辈大师的"艺术"，也就是"延续"了他们的"（艺术）生命"。

中国艺术——以及中国学术——强调的是这种"生命——艺术生命、学术生命"的"延续性"，是一种"创造

---

① 最近《京剧大典》重新出版的 CD 中，经过技术处理收有陈德霖 1908 年和 1925 年两段录音，可以对比欣赏。

性"的"延续"。

"非创造性"的"延续",不是"生命"的"延续",而是"死亡"的"重复"。"延续"必定是"创造性"的,是"自由"的;"非创造性"不是"延"而是"断"。

程砚秋的艺术成就,说明了这个道理。如果他只是"重复"前人的艺术,那他只是"替"前人"活"着,而"自己"的"艺术生命"则并未"完成",甚至并未"开显",这样他的艺术也就是一种"复制品"。程砚秋或许就会是陈德霖的"翻版",而并无程砚秋"自己"了。

"复制品"当然有其作用,尤其是在科技尚未发达到能够准确和普遍地"存留""声音"的时代,这种作用还是很大的;即使在"音像"已可用高科技的手段保存和普及的条件下,"重复"的"现场"演唱和表演,也自有其不可替代的作用;然而这个作用,毕竟被大大缩小了。人们如果可以比较容易地欣赏大师们自己的表演,通常就不会再热衷于观看、聆听那二三流的表演,即使是"现场"的,这大概也是人之常情。于是高科技的发达,迫使艺术家去"创造",使得那些"非创造"的艺术不容易存活。

和中国传统古典艺术相同,京剧艺术中有一些"流派"。艺术流派为保存艺术之"创造精神—活的精神"起到很好的

"推广"的作用，也的确造就了许多人才，但是也为艺术的"复制品"制造了一把"保护伞"，"保护"了一些"平庸"的艺术，而"平庸"乃是真正"艺术"的大忌。所以我理解振兴京剧，不仅仅是振兴流派，而且要鼓励出现新的流派，重点还在"创造"。

艺术流派的创始者，当然是一些极富创造性的大艺术家，因为他们的创造性大了，成了系统，也就成了气候，或者在"形式"上的特点比较明显，如程砚秋、周信芳的唱法，于是被竞相模仿，出现一批"形似"的表演家，貌合神离地在舞台上"替"老师们"唱戏"。这样的演员，观众"等待"着他们模仿久了，"熟能生巧"，在"代替"中"开显"出"自己"的艺术"生命"来，这样，他就不再是"替""他人""活着"，而是"自己""活着"，亦即"创造性"地在舞台上展现自己的艺术生命。如果"创造性"大了，也可以吸引更多"他者"，形成新的艺术流派。梅兰芳、周信芳如此，程砚秋也是如此。

大艺术家不"替""他人"活着，要"自己"活着，并不是说，不要"师承"，不"吸收""他人"的艺术；其实，在大艺术家的艺术中，我们可以看到或听到许许多多艺术家的生命在跳动。在程砚秋的演唱中我们可以"听到"陈德霖，可以"听到"梅兰芳，等等，甚至也可以说，没有这些大师们的艺术，也就难有程砚秋的艺术"自己"；反过来说，这些前辈大师的艺术，在程砚秋艺术中，又注入了新的生命力，他们的艺术，都融入了程砚秋自己的生命，没有这个独特的艺术生命，这些"生命"的"因素"，也不会"跳动"，而只是"死"的"形式—程式"，这样"我"的艺术就只是一些"碎片"的拼凑。过去也有一些这样的演员，就像我们的学术工作那样，对于那些只会"死记硬背"的学者，我们当然也钦佩他们的博学和功力，但终非学术之上乘。

　　艺术是独特的，就像每个人的生命是独特的存在。生命是有限的，有始有终，超越个体的"生命"，是"个体""生命"之间的关系，是"代"与"代"的关系，是"生命"在"诸世代"的"延续"，而就"个体"来说，"生命"是"一次性"的。"艺术生命"在某种意义上或许可以说"大于—寿于（长于）""个体"的"自然生命"，但就完整的意义说，它也是一次性的、不可替代的。

　　程砚秋艺术，也是独特的、不可替代的，正因其不可替代，才弥足珍贵。回到文章开头说的，天才的艺术是天时地利人和各种复杂条件"综合"的产物。如今时间已经流逝，再要齐备那时候的各种综合的主客观条件，几乎是不可能的，也是没有必要的。正是这个原因，我们缅怀程砚秋那独特的艺术，犹如缅怀前人一切伟大功绩，激励后人"延续"他们的"生命"。我们不见得非要和他们做"同一件事"，而正是在做"不同的事"中"延续"着他们的精神。

艺术，就"永在"。

2003 年 9 月 11 日

大雅之音复而不厌

我跟陈大濩先生学过一出《二进宫》的唱腔，那是50年前的事了。

当其时也，上海刚刚解放。有这么一小段时间，敌机不断骚扰，企图卷土重来，人们称之为"二六轰炸"。"重来"之梦，当然是一枕黄粱，老百姓担惊受怕，倒是现实的痛苦。由轰炸而来的灯火管制，弄得剧场晚间不能演出，演员们闲居在家，静极思动，扩大授徒范围，广招京剧爱好者，教授艺术，以稳固、发展艺术的地盘。陈先生当时有"濩声票社（房？）"之举。

我那时大概刚上高中，学校教学秩序尚未完全正规，在父亲的经济支持下，参加了这个票房，也不知为什么，当时用一个假名字叫"叶诚"，好在也没有人管你叫阿猫阿狗，认面孔就行了。票房规定，每周隔日为老生、青衣轮流，活动在晚上，以煤气灯照明。我也去过几天青衣班，是魏莲芳教《霸王别姬》；老生班正好开始学《二进宫》。这个票房的地点大概在上海西藏路一条小街上，旁边作为标志的还有一个什么庙，晚上回来走出小街时阴沉沉的，我记得那是一个冬天。

我们班上大概有十来个人，中学生可能就是我一个，记得还有位年纪轻的，不过他也已经当店员，工作了。我们学习，是陈先生唱一句，我们大家跟一句，他听得有不对的就停下来讲解。我们这班学员好像都很老实，没有几个提问题的。有一次在陈先生唱时，我打断了他，请他慢一点，虽然是很小声，他听见了，很高兴地表扬了我，可惜我的主动性，就表现了这一次。有时候，名琴师赵喇嘛（济羹，左手运弓；为什么叫他"喇嘛"，因为他秃头？）来到票房，他没有架子，也为我们这些初学的学员伴奏吊嗓子，这时候也是大家最开心、最活跃的时候。

说起陈先生的艺术，我当时也不知道多少，他的戏我也看得少。还是在此期间，一天晚上，仍然在煤气灯下，陈先生正正式式演了一出《击鼓骂曹》，但中途场内大乱，迫使正在演出的陈先生到台口来问，戏就给搅了。

不过我的确很喜欢陈先生的演唱艺术。他的嗓音甘甜醇厚，亮而圆，脆而润，难得的好天赋，他自己也很能扬长避短，按照自己的特长去学别家的艺术，学到了的都能成为自己的好处，而不成为累赘。

　　《二进宫》是一出票友打基础的戏，他选这出戏教我们当然是很得当的，我们也都学得很认真，现在虽然有的词不记得了，但提起腔调，还有个大概。

　　我想，这出《二进宫》我大概是学完了的，也许差个一两句，后来可能是功课紧起来了，或者是父亲不再给钱了，就没有再去，但一个阶段还断续收到票房的通知。

　　就在那个阶段，我有一个很深的感觉：陈先生身体弱弱的，那时候取暖的条件不好，教我们戏的时候，手里总抱着一个暖水袋，到一定的时候，还要换一个热的。但他唱出来的声音却很刚劲有力，一点没有病态，小时候想的简单，我想这大概就是"功夫"吧。

　　后来我不去这个票房了，但仍对陈先生的艺术感兴趣，买了一些他录的唱片，我记得其中有一张《沙桥饯别》，一段"西皮二六"，我是认认真真地照着学过的。我感觉，陈先生在这张唱片中第二回"孤王在"这三个字，和我跟他学的《二进宫》里"千岁爷"竟然真有"异曲同工"之妙。论板式、曲调和词句，它们全不一样，我为什么会听出"相像"起来了？不是年纪小的错觉，而是"字"、"气"、"曲"结合得那样"协调"的一种艺术境界，它们是相像的。老话说，"以字行腔"，我的体会是似乎还可以加一句，叫"以气运字"，"孤王在"也好，"千岁爷"也好，陈先生唱来好像腹中有无穷的"气"汹涌澎湃地把字"挤"了出来。也许就是通常说的"底气"、"中气"、"丹田气"足？

在我的极其有限的欣赏经验中，我听余叔岩的演唱，明显的有这种感觉，再就是从陈先生的唱中也得到同样的感受，陈先生是宗余的，依我看，他的确是善学余者。

（原载《戏剧电影报》2000 年 8 月 28 日）

我的一些老唱片及其他

　　我的京剧唱片分两部分，一部分是我将近 50 年前在上海淘的，一部分是到北京后从我爱人天津家陆续运来的。这两部分唱片的结果完全不同。

　　将近 50 年前是个什么概念？那是刚刚解放的时候，我在上海上中学的那个时期。50 年前一个中学生，喜欢京剧，买几张唱片，有什么可以说的？的确，我在上海搜集来的京剧唱片，在现在科技保存资讯如此发达的时期，简直不值一提；不过对我个人说来，一提到它们，还总有一份留恋之情。

　　先说经济来源就挺艰难。那时我母亲虽不工作，但一向有睡懒觉的习惯，早上不能给我做饭，给点零用钱包括了早餐费，我就从中省一点出来，索性早早起来，赶那天不亮就开的早市，淘一两张唱片送回家再出去吃早点上学。就这样日积月累，也攒了一些。

　　说起来可笑，我从小有"厚古薄今"、"钻冷门"的毛病，对当时正走红的演员，我并不着急去找他们的唱片，而目标着重在已经作古，或不太流行但确有特点之人的作品，尽我能力所及地收集它们。

现在想起来，一来年代久远，二来那时毕竟年纪小，如今记得清楚的只有这个"购物指导思想"，而具体都有哪些唱片，则交代不清了。我记得，我有罗小宝的几张唱片，但什么戏、哪些段，全不记得了；我还有王又宸的几张，是什么不记得了。前者《戏剧电影报·梨园周刊》发表女性老生的一版照片，说到该有露兰春的，我记起了也有她的唱片，但内容也忘了。

当然也记得的，我有一张言菊朋早年录的《取帅印》，记得买它的原因是京胡伴奏者是孙佐臣。我还有一张京胡的片子记得很清楚，那是陈彦衡拉的京胡曲牌《柳摇金》，一面"西皮"的，另一面是"反二黄"的，我特别喜欢这张唱片，还照着学拉过一阵，但现在忘记了。

还有一张唱片我是特意买的，那是朱耐根的《桑园寄子》（？）。我买它的原因是我在哪本杂志上读到什么文章，或者干脆就是哪本《大戏考》上说的，朱耐根死学谭鑫培，既然谭鑫培唱片难得，听朱耐根的不也可以得其仿佛吗？后来60年代把余叔岩十八张半集中在三大张密纹唱片中，15元就能购得，所以以前辛辛苦苦尚未收全的东西一下子就普及了。但我说，你可以出余叔岩的，要等到出朱耐根的，还早着呢，所以我的还是宝贝。

不过这些宝贝现在我一张也没有了。这批唱片我一直放在上海家里，因为我父母亲也喜欢京剧，留在那里他们也可以解闷。事实上我父亲后来也添加了一些，譬如那张陈大濩的《沙桥饯别》就是他买的。所有留在上海的这些唱片，在"文化大革命"中被我母亲砸碎处理掉了，因为我父亲是"资本家"（实际是"小业主"），怕抄家。我爱人跟着学生串联时，路过上海家里，亲眼看见这些碎片放在一个箩筐里。

可是北京的这些唱片却"奇迹"般地保存了下来。说起这些唱片，以前我并不在意，因为都是谭富英、马连良这些当时还很活跃于舞台的人的，其中一张已作古的王凤卿的《取成都》，我学过。

"文化大革命"高潮的时候，因为种种原因，这批唱片在家里绝对危险，这时有一位仗义的朋友愿意代为隐藏，于是就蹬了平板车拉到他家，一放就是好几年；等到1972年以后，形势有了缓和，待到估计已绝无危险以后，他又蹬着平板车把它们送回来了。我清点了一下，一张不少。对于这位我并不特别熟的朋友，每看到这些唱片，我都有一种说不出的感激。他叫刘仲勋，在一个小学做总务工作，不幸已经故去，享年并不久。所以我常想，好人未必高寿。

过去的岁月，失散的东西太多了，我的《观剧手记》被我自己烧掉了；有一些在北大学生京剧社的活动剧照，还有奚啸伯先生送的一些剧照和便装照，也都毁了。

我没有收藏癖，但自己喜欢的东西失散了，总是很留恋的。怨得谁来？怨我母亲？我自己？

（原载《园林好》1999 年 5 月 20 日）

附录：叶秀山先生生平与业绩

○王齐

我国著名哲学家、美学家，中国社会科学院首届学部委员，哲学研究所研究员，中国社会科学院研究生院教授、博士生导师，清华大学双聘教授，全国政协第八届、第九届、第十届委员，人事部"有突出贡献的中青年专家"，中央组织部、中央宣传部、人事部、科学技术部"全国杰出专业技术人才"荣誉称号获得者叶秀山先生，于2016年9月7日晚因突发心脏病在北京逝世，终年81岁。

叶秀山先生1935年7月4日出生于镇江，4岁时随父母迁居上海。1952年入北京大学哲学系学习，毕业论文在著名康德专家郑昕先生指导下写作"批判康德的不可知论"，得到了贺麟先生的肯定，遂于1956年毕业后分配至当时的中国科学院哲学研究所西方哲学史组工作，直到2015年5月退休。其间叶先生曾赴纽约州立大学奥伯尼校区、哈佛大学、牛津大学等地进修访学。叶先生自幼学习京剧和书法，对美学有着浓厚兴趣，立志从事美学研究。1961年参加王朝闻先生领导的《美学概论》高校教材编写组，在思想的激烈交锋中萌发了对哲学的兴趣，开始在贺先生指导下研读德国古典哲学。"文革"期间，先生甘当逍遥派，抓紧一切可能的时间自修英文、德文、法文和古希腊文，并练习书法，为改革开放后"科学的春天"的到来做好扎实的准备。1980年至1982年，叶先生利用到美国进修访学的机会，开始系统研读现代西方哲学。回国后，在出版了《前苏格拉底哲学研究》（1982）和《苏格拉底及其哲学思想研究》（1986），并奠定了在古希腊哲学研究领域中的地位后，1988年，叶先生出版了《思·史·诗——现象学和存在哲学研究》一书，这本书的问世标志着叶先生真正进入了第一哲学领域，开始通过对哲学史的研究思考哲学问题本身，也开始在古今、中外哲学的海洋里畅游，一步一步地进入了"读书明理"、"融会贯通"的境界。

叶先生从事哲学研究60载，视哲学为魅力无穷的科学，凭借天资和勤奋，在无尽的学与思之中愉快地笔耕，为哲学界和思想界贡献出了20余部著作，论文百余篇。自20世纪80年代末起，先生主攻西方现代乃至后现代哲学，打通了西方哲学自古希腊以降的发展思路。90年代起，叶先生觉悟到

叶先生《启蒙与自由》出版座谈会间歇与王齐合影

了基督教与西方哲学之间的特殊关系，着手揭示哲学对宗教的或隐或显的"化解"之功。在经过了20年的积累后，叶先生终于在2009年出版了《科学·宗教·哲学——西方哲学中科学与宗教两种思维方式研究》一书，把对西方哲学和文化的理解向前推进了一大步。进入新世纪后，在破除了思想桎梏并拥有现代哲学的思想坐标的前提下，叶先生重新焕发了对德国古典哲学的兴趣，撰写了大量研读康德和黑格尔的论文，有意识地突出了"理性"和"自由"在西方哲学发展中的核心地位。叶先生撰写发表的主要论文先后结集，以《无尽的学与思》（1995）、《哲学作为创造性的智慧》（2003）、《学与思的轮回》（2009）、《启蒙与自由》（2013）、《知己的学问》（2015）等为题出版，为汉语西方哲学研究树立了新标杆。2005年，叶先生作为总主编之一促成了我国第一部多卷本学术版《西方哲学史》的问世，推动了中国学术视野下的西方哲学史研究。叶先生亲自撰写第1卷"总论"当中的"西方哲学观念之变迁"，"以史带论"地勾勒出了西方哲学发展史中的三种主要形态。2006年，叶先生为北京大学哲学系新生开设"哲学导论"一课的讲稿经整理后以《哲学要义》的标题出版，"以论带史"地突出了他对西方哲学问题的阐释，与前书互为补充。

除哲学领域内的卓越成就外，叶先生凭借着对艺术的热爱、优秀的艺术修养和深厚的哲学功底，先后出版了《京剧流派欣赏》（1963）、《书法美学引论》（1987）、《美的哲学》（1991）、《古中国的歌》（2007）、《说"写字"》（2007）等美学著作，其中多部多次再版，在艺术界得到专业人士的认可，产生了广泛的影响。

自20世纪90年代开始，叶先生就尝试从西方哲学的问题域和视野出发重审中国哲学的问题，认为哲学在概念的层面上无分中、西，自觉地在智慧层面上沟通中西哲学，主要成果在 2002 年以《中西智慧的贯通》为题结集出版。近 5 年，叶先生一直忙于"欧洲哲学的历史发展与中国哲学的机遇"的课题研究，从学理层面上揭示欧洲哲学历史发展中所遇到的理论困境，提出这种危机恰恰有可能为中国哲学提供一个历史发展的机遇。先生寄希望于中国哲学，抓住这个历史机遇，将西方哲学之精髓吸收到自己的系统中来，补充自己，创造出哲学的新天地，完成哲学历史发展所赋予自己的使命。直到生命的最后一刻，先生仍在读柏格森，钻研宋明理学，计划再写作一篇朱熹研究的论文，就可以为这部新作画上句号了……

叶先生桃李满天下，他培养的多名博士研究生已成为相关领域的带头人和骨干。他为人谦和，心怀远大，关心哲学事业的发展，关心哲学所西方哲学史研究室的建设，特别关心哲学界年轻人的成长，他的学者风范和治学精神早已成为后生晚辈心目中的一面旗帜。今天西方哲学界的很多学者都受益于先生的著作，他倡导的哲学的理性精神和自由精神将永远激励着学界同仁，将先生未竟的事业发扬光大。

叶秀山先生的不幸逝世，是中国哲学界的重大损失，我们为痛失中国知识分子的优秀代表，痛失这样一位良师益友而悲泣和惋惜。

对于智者来说，死亡不过是一场新的精神冒险。

叶秀山先生千古！

本色文丛·名家散文随笔系列（柳鸣九主编）

第一辑

《奇异的音乐》　　　　　屠　岸／著

《子在川上》　　　　　　柳鸣九／著

《往事新编》　　　　　　许渊冲／著

《飞光暗度》　　　　　　高　莽／著

《岁月几缕丝》　　　　　刘再复／著

《榆斋闲音》　　　　　　张　玲／著

《信步闲庭》　　　　　　叶廷芳／著

《长河流月去无声》　　　蓝英年／著

第二辑

《母亲的针线活》　　　　何西来／著

《青灯有味忆儿时》　　　王春瑜／著

《神圣的沉静》　　　　　刘心武／著

《坐看云起时》　　　　　邵燕祥／著

《花之语》　　　　　　　肖复兴／著

《花朝月夕》　　　　　　谢　冕／著

《纸上风雅》　　　　　　李国文／著

《无用是本心》　　　　　潘向黎／著

第三辑

《散文季节》	赵　园／著
《美色有翅》	卞毓方／著
《行色》	龚　静／著
《秦淮河里的船》	施康强／著
《春天的残酷》	谢大光／著
《风景已远去》	李　辉／著
《好女人是一所学校》	梁晓声／著
《山野·命运·人生》	乐黛云／著

第四辑

《一片二片三四片》	钟叔河／著
《哲思边缘》	叶秀山／著
《心自闲室文录》	止　庵／著
《四面八方》	韩少功／著
《遥远的，不回头的》	边　芹／著
《向书而在》	陈众议／著
《蛇仙驾到》	徐　坤／著
《春深更著花》	江胜信／著